# Un Grec inoubliable

JUSTINE LEWIS

# Un Grec inoubliable

*Traduction française de*
GABY GRENAT

AZUR

HARLEQUIN

*Collection :* Azur

*Titre original :*
BACK IN THE GREEK TYCOON'S WORLD



**HARPERCOLLINS FRANCE**
83-85, boulevard Vincent-Auriol, 75646 PARIS CEDEX 13
Service Clients — www.harlequin.fr
ISBN 978-2-2805-0523-9 — ISSN 0993-4448

Édité par HarperCollins France.
Composition et mise en pages Nord Compo.
Imprimé en août 2024 par CPI Black Print (Barcelone)
en utilisant 100% d'électricité renouvelable.
Dépôt légal : septembre 2024.

FSC
www.fsc.org
MIXTE
Papier issu de sources responsables
FSC® C159065

Pour limiter l'empreinte environnementale de ses livres, HarperCollins France s'engage à n'utiliser que du papier fabriqué à partir de bois provenant de forêts gérées durablement et de manière responsable.

# 1

Chacun sait que la caméra la plus performante du monde est impuissante à capturer la beauté de certains paysages. La vue plongeante sur la mer Ionienne dont jouissait Rose Taylor en ce moment était de ceux-là. Oh bien sûr, une photo permettrait d'admirer l'éclat doré du soleil sur l'eau azuréenne, la lumière bondissante sur les toits chaulés et même la blancheur des falaises qui se jetaient abruptement dans la mer, mais où percevrait-on le parfum salé de la brise et la caresse tiède du soleil sur la peau qui en faisaient intégralement partie ?

On n'aurait aucune chance non plus d'y trouver le cœur de Rose, gonflé de bonheur à l'idée d'être de retour en Grèce, ni l'exultation qu'elle éprouvait en pressentant les découvertes qu'elle allait faire sur ce site de fouilles. Depuis ses années d'études et encore davantage depuis qu'elle exerçait son métier d'archéologue, elle menait une vie de nomade, un peu en Italie, un peu en Sicile, un peu en Turquie, mais la Grèce était le pays de son cœur. Bien plus que Birmingham, la ville où elle était née, avec son ciel toujours bas et gris auquel elle n'avait jamais réussi à s'habituer.

C'est cette passion pour la Grèce, plus exactement pour la Grèce ancienne, qui l'avait orientée vers une carrière d'archéologue. La première fois qu'elle avait rapporté chez elle de la bibliothèque de l'école une mythologie grecque, elle avait à peine sept ans et commençait tout juste à lire couramment. Chaque soir dans son lit, elle en avait lu des pages entières en suivant la ligne imprimée avec son doigt. Plus tard, après que son père les eut abandonnées, elle et sa mère, elle avait trouvé une consolation dans la lecture de tout ce qu'elle trouvait concernant la Grèce antique.

Là-bas, où vivaient les monstres des mythes et des légendes, l'histoire et la fiction se rejoignaient. C'était le pays du perfide cheval de Troie, celui de l'énigmatique labyrinthe de Minos et, plus que tout, le pays où un homme, Ulysse, éloigné de sa famille pendant vingt années d'errance et d'aventures, avait voulu revenir dans son île natale, Ithaque, retrouver son épouse Pénélope.

Rose ne put retenir un soupir en pensant à son père. Elle ne l'avait pas revu depuis le soir où il était parti pour fonder une nouvelle famille avec une autre femme. « Il vaut mieux que nous ne nous voyions plus », lui avait-il expliqué un peu plus tard au téléphone. « Nos vies ont pris des chemins différents, tu comprends ? »

Et, tandis que Rose sanglotait dans son lit, sa mère avait renchéri :

— Il n'a plus besoin de nous maintenant.

Phrase atroce, qui résonnait encore tristement à ses oreilles d'adulte.

La petite fille d'alors en avait conclu qu'elle avait été remplacée par une personne plus intéressante qu'elle-même. Autrement dit, qu'elle ne valait rien puisque son père avait préféré s'en aller.

Mais, aujourd'hui, elle n'était pas à Birmingham et elle n'avait plus sept ans ! Elle haussa les épaules, essuya la transpiration qui coulait sur son front et remit son chapeau sur sa tête d'un geste décidé. Inutile de gâcher avec de mauvais souvenirs son bonheur de se trouver à nouveau en Grèce, responsable des fouilles dans l'île de Paxos, au sud de Corfou. Jamais encore elle n'avait travaillé dans les îles ioniennes dont l'histoire se mêle par moments à celle de l'Italie.

D'après Homère, c'est à Ithaque, une île voisine, qu'était né Ulysse, le héros *L'Odyssée*. La plupart des collègues londoniens de Rose tenaient ce long récit pour une pure invention poétique, mais une série de découvertes récentes dans la mer Ionienne laissait supposer possible la présence de certains vestiges remontant à l'âge du bronze. Tout près d'Ithaque, un palais remontant à trois mille ans avait été ramené au jour. Bien sûr, restait à examiner si ces trouvailles pouvaient être reliées au poème d'Homère mais, de toute façon, Rose voulait être là au cas où ce serait vrai.

Lorsque l'équipe du musée d'Athènes chargée de diriger une fouille à Paxos avait découvert des indices intéressants, le vieux professeur dont Rose avait suivi les cours l'avait immédiatement contactée car il se souvenait de l'intérêt que son ancienne étudiante portait aux îles ioniennes. Non seulement elle pourrait se consacrer aux fouilles sans engager de frais elle-même, mais en plus elle dirigerait la recherche. Pour une archéologue passionnée de ce secteur comme elle l'était, c'était une chance unique.

Aussi vite que possible, elle avait quitté Londres pour s'installer en cette fin d'été à Ninos, un petit village de l'île de Paxos, avec l'espoir que les indices répertoriés révéleraient une découverte passionnante. Depuis quelques jours déjà, l'espérance au cœur, elle y travaillait d'arrache-pied.

Le champ de fouilles avait à peu près la taille d'un

terrain de foot. Sur la colline qui le dominait se dressait un bel hôtel en dessous duquel un sentier tracé au milieu d'une mer d'oliviers conduisait à quelques maisons toutes blanches de chaux. De l'autre côté, le regard plongeait tout droit dans la mer Ionienne irisée par les rayons du soleil. Franchement, comme bureau d'études, on pouvait difficilement trouver mieux !

Fatiguée par la chaleur, Rose se mit debout et marcha jusqu'à son sac à dos pour aller y prendre l'indispensable bouteille d'eau. Après avoir bu quelques gorgées bienfaisantes et avant de se replonger dans son travail, elle jeta un coup d'œil autour d'elle.

Une silhouette se profilait en haut de la colline. Une silhouette qui lui fit bondir le cœur. Elle lui paraissait familière...

*Non, c'est impossible. Ça ne peut pas être lui !*

L'homme en question marchait nerveusement le long du grillage qui séparait le jardin de l'hôtel du terrain de fouilles tout en observant l'équipe au travail. Rose ne pouvait apercevoir son visage mais il paraissait préoccupé.

*Allons, c'est le parfum de la Grèce qui me tourne la tête,* se dit-elle. *Pareille coïncidence est impossible !*

La dernière fois qu'elle avait vu Alessandro, c'était à Athènes, quatorze ans plus tôt. Il venait de quitter la tiédeur de leur lit pour enfiler un short et une paire de sandales. Après l'avoir embrassée, il lui avait donné rendez-vous pour le dîner dans leur taverne habituelle. À la sortie de ses cours, elle s'était faite belle pour le retrouver, robe en lin toute blanche, sandales assorties, et elle était allée l'attendre. Elle avait attendu longtemps. Trois heures. Au début, elle s'était inquiétée, ensuite, le doute avait pris le dessus. Décidée à en avoir le cœur net, elle était allée le chercher dans sa chambre, à l'université, et l'avait trouvée vide. Une colère de dimension homérique s'était alors emparée d'elle !

Non seulement Alessandro Andino lui avait posé un lapin mais il avait carrément quitté Athènes puisque aucune trace de lui ne restait dans cette pièce vide. Il avait emporté toutes ses affaires, vêtements et livres. Voilà qui écartait au moins la possibilité d'un accident pour ne laisser place qu'à une désertion pure et simple. Rose était restée un moment stupéfaite. C'était déjà bien assez moche d'avoir rompu avec elle après tout ce qu'ils avaient partagé au cours des semaines précédentes, mais il s'était en plus offert le luxe de la faire poireauter pendant trois heures, assise toute seule dans sa belle robe blanche pendant qu'il pliait bagage sans lui en avoir dit un mot.

Une semaine plus tard, il l'avait appelée. Enfin. Mais jamais Rose n'avait connu conversation plus déprimante de toute sa vie. Pire encore que celle qu'elle avait eue autrefois avec son père.

— Je suis désolé, Rose. J'ai été obligé de partir. Je ne peux pas continuer avec toi.

— Mais... tu disais que tu m'aimais !

— Nos vies ont pris des directions différentes. C'est mieux que nous ne restions pas en contact.

Et voilà.

Il lui servait les mêmes arguments que son père autrefois. L'histoire se répétait. Il avait rencontré quelqu'un de plus intéressant qu'elle. Hypothèse confirmée quelques semaines plus tard quand, en cherchant sur Internet si elle pouvait trouver une explication à ce départ précipité, elle avait découvert des photos de lui sur lesquelles il donnait la main à un tout jeune enfant et en tenait un autre dans ses bras. « Alessandro Andino et ses jumeaux », disait le commentaire. Elle avait brusquement refermé son ordinateur. Le traître ! Le menteur ! Depuis, elle n'avait pas cherché à en savoir davantage.

Par précaution, elle enfonça son chapeau sur sa tête de manière à cacher son visage et se remit au travail. Qui que soit l'homme qui les observait, elle n'avait pas à s'en préoccuper, point final.

Pourtant, des bribes de confidences que lui avait faites Alessandro autrefois lui revenaient en mémoire. Il lui avait dit être né dans une île près de Corfou, peut-être était-ce Paxos ? Sa mère était morte alors qu'il n'était qu'un bébé et son père quand il était adolescent. Elle se souvenait aussi qu'il avait un frère plus âgé que lui mais il lui avait assuré qu'il n'avait pas l'intention de retourner vivre dans son île. Il voulait être journaliste et courir le monde.

Rose étouffa un soupir rageur. Tout ce qu'il lui avait raconté n'était qu'un tissu de mensonges.

Comme elle jetait un coup d'œil par-dessous son chapeau, elle vit que l'homme descendait la colline et se rapprochait du terrain de fouilles. Cette fois, le soleil éclairait son visage. Le cœur de Rose manqua un battement. C'était treize ans plus tôt ? Quatorze peut-être ? Le nouveau venu ressemblait étrangement à l'homme dont elle avait été follement amoureuse toutes ces années plus tôt.

Elle le vit s'avancer vers Gabriel, le Français que le musée d'Athènes avait choisi pour la seconder. La brise marine lui apporta alors une voix grave qu'elle reconnut aussitôt. L'estomac serré, elle baissa la tête sous son chapeau. Cet homme lui avait menti. Rien, absolument rien de ce qu'il lui avait dit n'était vrai. Ni son projet de devenir journaliste, ni son désir de voyager dans le monde entier, et encore moins l'amour qu'il assurait éprouver pour elle.

Elle avait été folle de le croire. Complètement folle ! Pourtant, le lien qu'ils avaient partagé avait été si intense que parfois il leur avait semblé pouvoir lire dans l'esprit de l'autre. Mais cela aussi n'avait été que mensonge. Un de plus.

Maintenant que les années étaient passées, qu'elle avait perdu l'innocence de ses vingt ans, elle comprenait bien mieux le jeu qu'il avait joué. Séduire une étudiante étrangère était amusant, coucher avec elle pendant quelques semaines, agréable, lui cacher qu'il avait déjà fondé une famille, inévitable. Il avait poussé la fourberie jusqu'à faire semblant de partager ses rêves, ses désirs, sans jamais rien révéler de sa propre vie. Rose savait qu'il aimait le théâtre de Shakespeare mais ignorait où il avait grandi et encore plus qu'il avait déjà des enfants !

Dans sa naïveté, elle pensait avoir le temps devant elle pour lui poser ce genre de questions terre à terre. Elle lui avait fait confiance. Quelle erreur... Plus jamais elle ne commettrait pareille sottise.

En voyant les deux hommes se diriger vers elle, elle se mit sur la défensive. Que venait faire Alessandro ici ? Écrire un article sur les fouilles ? Si c'était le cas, elle lui répondrait qu'il ne s'agissait que d'une formalité, de manière à le décourager de mener plus loin son enquête. Pas question de lui laisser la possibilité de faire un scoop avec ce qu'elle espérait être la plus importante découverte du siècle dans cette région.

— Rose...

Gabriel venait de l'appeler par son prénom. Elle ne pouvait pas se dérober. Elle se redressa, repoussa son chapeau et s'efforça de paraître aussi digne que possible.

Mais lorsque son regard croisa celui des yeux noirs de son ancien amoureux, lorsqu'elle revit ses épais cheveux noirs et sa peau sombre, elle vacilla intérieurement. C'était l'apparence méditerranéenne d'Alessandro qui l'avait attirée, sa mâchoire bien dessinée, ses longs cils épais...

— Rose, reprit Gabriel, je te présente Alessandro Andino.

Puis, se tournant vers ce dernier.

— Monsieur Andino, j'ai le plaisir de vous présenter la professeure Rose Taylor qui dirige ces fouilles.

Ils se saluèrent d'un signe de tête, sans ajouter ni l'un ni l'autre : « Enchanté de faire votre connaissance ! »

Lorsque Alessandro lui tendit la main, le corps de Rose se rétracta. Non, elle ne pouvait pas toucher cette main. Le moindre contact physique risquait de faire remonter trop vivement à sa mémoire le souvenir des nuits torrides qu'ils avaient partagées à Athènes autrefois et de la pousser dans le précipice au bord duquel elle se tenait.

Elle leva ses mains pleines de terre.

— Désolée, j'ai les mains trop sales pour vous saluer.

Un éclair passa dans le regard sombre d'Alessandro qui plaça les mains dans son dos.

— Rose, reprit Gabriel, inconscient de ce qui se jouait sous ses yeux, M. Andino est le patron de la chaîne des hôtels Aster. Il a le projet de construire sur le site où nous nous trouvons.

Tiens... Alessandro Andino, l'homme qui lui avait récité des vers de Shakespeare, était donc promoteur immobilier ?

*Idiote, triple idiote !* se répéta Rose. *Tout ce qu'il m'a raconté autrefois est faux, archi-faux.*

Alessandro hocha la tête. Quand les délégués du musée d'Athènes étaient arrivés sur l'île deux semaines plus tôt, ils lui avaient assuré qu'une semaine suffirait largement à examiner le site et à démontrer que la construction pouvait commencer. Selon eux, il s'agissait d'une simple formalité. Il n'y avait que peu de vestiges dans la mer Ionienne. Malgré sa beauté, elle n'avait pas été l'épicentre de la civilisation grecque antique. Toutes les découvertes significatives avaient été faites à l'est, dans la mer Égée. Par ici, il n'y avait que des mythes, rien de plus. Rien ne laissait supposer que le terrain acheté par le promoteur, qui jouxtait le premier hôtel, recélait quoi que ce soit d'intéressant au point de vue archéologique.

Mais, aujourd'hui, Alessandro constatait que le personnel qui travaillait sur le terrain avait triplé en nombre. Il essayait de se rassurer en se disant qu'ainsi ils auraient plus vite terminé leur mission mais, dans le fond, son inquiétude demeurait. Et la découverte de cette femme en T-shirt blanc, abritée du soleil par son grand chapeau, en train de donner des ordres aux autres l'avait vivement contrarié. Mieux valait la rencontrer tout de suite. Voilà pourquoi il était descendu sur le site. En l'entendant parler avec un accent anglais, son cœur avait fait un bond.

*Non, c'est impossible. Ça ne peut pas être elle !*

C'était impossible que la vie continue à le tourmenter. Son existence était essentiellement marquée par le sens du devoir et la tristesse. Pourquoi les dieux lui en voulaient-ils au point de remettre cette femme sur son chemin ? Ici ? Maintenant ?

En entendant le prénom prononcé par Gabriel, il avait senti ses jambes se dérober sous lui.

*Dr Rose Taylor.*

Ainsi, l'étudiante passionnée et ambitieuse qu'il avait connue autrefois était la personne chargée de cette reconnaissance sur le terrain. *Son* terrain !

Rose lui paraissait nerveuse. Pourtant, c'est plutôt lui qui aurait dû l'être car elle avait sans doute en réserve quantité de reproches à lui faire pour l'avoir abandonnée un soir, sans lui donner le moindre mot d'explication.

*Ce que j'ai fait, je l'ai fait pour la protéger.*

C'était la vérité absolue. Il avait bien compris que le cœur de Rose appartenait à sa vocation. Jamais elle n'aurait voulu vivre sur une petite île pour l'aider à prendre soin de deux bébés.

Lorsque Rose retira son chapeau, il retrouva sa somptueuse chevelure rousse attachée sur sa nuque, avec ses boucles indisciplinées que la transpiration collait sur son front. Il se sentit perdu. La peau de Rose était si douce, ses baisers si grisants...

Quand elle refusa de le saluer, il fut brusquement ramené à la réalité. Bien sûr, elle avait les mains couvertes de terre mais il avait bien supposé que, surtout, elle ne voulait pas le toucher.

Comprenant son refus de manifester qu'elle le connaissait déjà, il adopta la même attitude.

Dire que dans d'autres circonstances il aurait été tellement heureux pour elle qu'elle ait réalisé son rêve ! Malheureusement, aujourd'hui, cela signifiait qu'elle se mettait en travers du sien.

Elle le dévisageait maintenant d'un air assuré.

— Que puis-je pour vous, monsieur Andino ?

— Eh bien... je suis venu voir comment se passent les choses ici. Au départ, j'avais été mis en relation avec un M. Georgiou du musée d'Athènes.

— En effet. Il s'occupe toujours du site mais c'est moi que le musée a choisie comme responsable sur le terrain.

— D'après lui, il ne s'agit que d'un repérage rapide avant que nous soit accordée l'autorisation de construire.

— C'était bien de cela qu'il s'agissait au départ mais nous n'écartons pas la possibilité de faire des découvertes intéressantes.

Alessandro haussa les épaules.

— Nous sommes à Paxos ! Ce n'est ni Olympie ni Délos. On n'a jamais rien trouvé ici.

— Erreur. On y a trouvé des traces de fumier.

— Pardon ? Vous pouvez me traduire cela en langage de non initié ?

— Trouver du fumier signifie que probablement une population a vécu sur ce lieu. Et que, donc, il recèle sans doute des vestiges de sa civilisation.

Alessandro éclata d'un rire forcé.

— Bien sûr que des gens ont vécu ici autrefois ! Il y en a même qui y vivent encore aujourd'hui, vous n'avez pas remarqué ?

Rose préféra ignorer cette remarque ironique et lui répéta en grec ce qu'elle lui avait dit en anglais. Son grec moderne était loin d'être parfait mais le sens était clair.

— Vous avez compris ?

Alessandro croisa les bras. Bien sûr qu'il avait compris. Mais ce n'était pas une raison pour retarder la construction de son hôtel.

— Tout cela ne prouve rien.

— C'est bien pour cette raison que nous devons effectuer des recherches plus approfondies, rétorqua Rose. Le ministère de la Culture n'accordera pas l'autorisation de construire tant que je ne lui aurai pas moi-même donné le feu vert.

Alessandro serra les dents.

Incroyable ! Elle, la petite Rose Taylor, étudiante en archéologie, qu'il avait plaquée des années plus tôt, était la personne qui allait décider si oui ou non l'hôtel de son frère pouvait sortir de terre ?

Le matin où il l'avait embrassée à Athènes, il était loin de se douter que c'était la dernière fois qu'il la voyait. Mais, ce jour-là, sa vie avait basculé quand sa grand-mère l'avait appelé pour l'informer de l'accident dans lequel son frère et sa belle-sœur venaient de trouver la mort. Ce qui laissait orphelins sa nièce et son neveu âgés de deux ans.

Dans le vol qui le ramenait à Paxos, il s'était juré de ne jamais regretter la vie qu'il ne mènerait pas. De lui-même, il n'aurait pas choisi de rentrer sur son île pour élever les jumeaux de son frère mais la vie avait décidé pour lui. Paxos et l'empire hôtelier familial allaient devenir sa vie.

Rose ignorait tout cela.

— Si nous ne trouvons rien, ce sera juste l'affaire de quelques mois, déclara-t-elle sur un ton conciliant.

Il sursauta.

— De quelques mois ? Vous plaisantez ? Les tractopelles et les bulldozers doivent commencer à creuser dans trois semaines. La nouvelle aile de l'hôtel doit être opérationnelle dans neuf mois, au début de l'été prochain.

— Désolée, mais je dois creuser avant vous ! D'ailleurs, c'est tout à fait passionnant, ajouta-t-elle, l'œil brillant. Ces dernières années, on a déjà trouvé dans les îles ioniennes des vestiges de l'âge du bronze et…

— De l'âge du bronze ? C'est bien avant la Grèce classique. Vous êtes sérieuse ?

— Complètement. *L'Odyssée*, Homère…

— Ne me dites pas que vous espérez trouver ici une nouvelle Troie ?

— Bien sûr que non, mais nous ne sommes pas loin du

lieu où est né Ulysse. On a trouvé un palais royal à Ithaque et des trésors à Pylos. Pourquoi ne trouverait-on rien ici ?

C'en était trop pour Alessandro.

— Vous voulez chercher le palais d'un homme qui n'a jamais existé ? Je vous souhaite bien du plaisir !

Son visage s'était fait dur et intransigeant. Il voulait signifier à Rose que son projet d'hôtel était on ne peut plus sérieux car, si elle persistait, l'essor de Paxos serait menacé. L'économie de l'île dépendait des touristes. Si ces derniers ne trouvaient pas d'hébergements à leur disposition, ni les bars, ni les restaurants, ni les agences de tourisme locales n'auraient de clients.

— Si nous allions parler au frais dans mon bureau ? proposa Alessandro.

— Pour quelle raison ?

— Pour essayer de trouver un arrangement. Ici il fait trop chaud. Venez boire quelque chose de rafraîchissant.

La tentation était forte. Malgré son amour de la Grèce, Rose était encore et toujours une Anglaise rousse à qui le grand soleil ne réussissait guère.

— Un verre de thé glacé, ça vous irait ?

Elle plissa les yeux, vaincue. Il avait gagné.

— Plutôt, oui. Allons-y !

# 2

Maintenant que Gabriel les avait laissés en tête à tête, Rose sentait ses mains moites d'émotion. Ce n'était pas simple d'affronter un entrepreneur bien décidé à lui faire arrêter ses fouilles mais, quand celui-ci se trouvait de surcroît être un ancien amoureux, l'affaire se compliquait dramatiquement. Mieux valait que leur conversation ait lieu loin des membres de son équipe.

Elle emboîta donc le pas à Alessandro en direction de l'Aster Hotel. Avec ses petits bâtiments entourés de jardins luxuriants, c'était le genre d'établissement qu'elle adorait, où on se sentait comme dans un village, pas du tout dans l'un de ces complexes hyper modernes qui fleurissaient désormais un peu partout. Jusqu'à maintenant, Paxos avait réussi à conserver son charme traditionnel.

Ils n'échangèrent pas un mot sur le sentier qui les menait à l'hôtel. Une fois qu'ils furent arrivés, Alessandro conduisit Rose non pas dans le salon d'accueil de ce dernier mais vers une grande maison dont il poussa la porte de bois peinte en bleu.

Après l'éblouissement du grand soleil, les yeux de Rose mirent un moment à s'habituer à la pénombre mais elle accueillit avec soulagement la fraîcheur qui régnait dans la pièce. Lorsqu'elle recommença enfin à y voir clair, ce fut pour remarquer qu'Alessandro la regardait en souriant tandis qu'elle essayait de faire coïncider le souvenir qu'elle avait de lui avec l'homme qui se tenait devant elle.

Alors que l'étudiant d'autrefois arborait une masse de cheveux frisés indisciplinés, un jean délavé et un T-shirt informe, l'entrepreneur qu'il était devenu portait un pantalon bien repassé et une chemise blanche impeccable. Ses boucles noires avaient disparu, remplacées par une coupe stricte qui laissait à peine deviner une légère ondulation et faisait ressortir sa mâchoire bien dessinée. La seule concession à l'esprit du lieu était l'absence de cravate et le premier bouton de la chemise qu'il avait laissé ouvert.

— Je vais vous chercher un verre d'eau ? Ou de *visinada* ? C'est une boisson à la cerise...

— Je connais ! coupa-t-elle, désolée de constater qu'il avait oublié qu'ils en avaient souvent bu ensemble autrefois à Athènes.

Apparemment, il avait tout oublié de leur ancienne relation. *Quoi de plus normal puisque je n'avais pas d'importance pour lui ?*

— Un verre d'eau sera parfait, merci.

Ils se trouvaient non pas dans une maison mais dans un vaste bureau moderne qui donnait sur le jardin et d'où l'on apercevait en contrebas le miroitement de la mer.

Alessandro passa dans une pièce voisine où se trouvaient des bureaux occupés par des personnes qui travaillaient et parlaient en grec.

Un instant plus tard, il revint lui offrir le verre d'eau promis et ferma la porte derrière lui.

— Asseyez-vous, proposa-t-il en désignant le canapé en cuir blanc.

Allait-il prendre place à côté d'elle ? Elle avait envie de le toucher, de découvrir s'il avait toujours la même odeur...

Elle se ressaisit brusquement. Cet homme était un menteur. Elle devait garder ses distances. Mais, même si elle avait les meilleures raisons du monde de le haïr, que faire si son corps ne recevait pas le message ? En ce moment précis, elle sentait son sang bouillonner en elle, l'émotion lui serrait la gorge.

Sagement, afin d'éviter toute promiscuité, elle s'installa sur la chaise qui se trouvait à côté du canapé.

— Ainsi, vous voulez faire des fouilles sur ce site ? demanda Alessandro, l'air inquisiteur.

— Je *suis* en train de faire des fouilles sur ce site ! corrigea Rose.

— Non, rectifia à son tour Alessandro, il ne s'agit que d'une étude préliminaire à l'obtention de mon autorisation de construction.

— C'est ce qui a été dit au départ, mais, en l'état actuel de la situation, le ministère n'est pas disposé à accorder son aval.

— Pour quelle raison ?

— Je vous l'ai déjà dit. Les chercheurs ont mis au jour des vestiges qui prouvent que le site a été occupé autrefois. En outre, le scanner de géophysique a montré qu'il y avait sous le sol autre chose que de la terre.

— Ici, on peut dire ça de n'importe quel lieu !

— Bien sûr. Il s'agit peut-être simplement de quelques briques du siècle dernier ou d'un bloc de ciment laissé là par la dernière guerre. Mais il est possible aussi que ce soit un vestige de l'âge du bronze. D'un temple...

Alessandro secoua la tête.

— C'est totalement invraisemblable.

Rose fronça les sourcils. Comment convaincre cet interlocuteur rebelle ? Elle chercha un exemple crédible.

— Vous savez, les accidents de voiture sont également invraisemblables mais, quand ils surviennent, ils laissent des traces derrière eux.

Comme elle prononçait ces mots, le visage d'Alessandro changea du tout au tout. Alors qu'un instant plus tôt il paraissait ouvert à la discussion, elle le vit se fermer et prendre une expression indéchiffrable. Sans un mot, Alessandro se leva, alla vers son bureau et resta un instant face au mur, lui tournant résolument le dos.

*Il réfléchit, voilà tout,* se dit-elle. *Cet hôtel est sans doute un projet qui lui tient à cœur. À moi de savoir rester professionnelle.*

Au bout d'un moment, il fit volte-face.

— J'espère que vous ne parlez pas sérieusement !

Rose trouvait pareille obstination contrariante. Ou alors c'étaient la large carrure et le regard décidé de son interlocuteur qui la dérangeaient ?

Alessandro Andino était devenu promoteur hôtelier. Donc, destructeur des vestiges du passé. À elle de l'admettre.

Tristement, elle comprit qu'elle s'était encore plus trompée sur le compte de son ancien amoureux qu'elle ne l'aurait jamais imaginé.

— Je suis parfaitement sérieuse. Vous n'avez pas le choix.

— On m'a assuré que cette étude ne prendrait pas plus de deux semaines.

— En effet. Deux semaines sont nécessaires pour déterminer si des fouilles plus avancées sont justifiées. C'est la raison de ma présence ici.

Alessandro commença à faire les cent pas le long de la pièce sans regarder Rose.

— Le tourisme est ce qui fait vivre l'île. D'une façon

ou d'une autre, chaque habitant de Paxos en dépend. Ma famille encore plus que les autres.

*Ma famille...*

Ces mots frappèrent Rose avec la force d'une massue.

Sur Internet, elle l'avait vu avec des enfants. Des enfants qui étaient déjà nés quand ils s'étaient rencontrés à Athènes. Combien en avait-il maintenant ? Qui était leur mère ? L'avait-il trompée quand il avait séduit Rose, la jeune étudiante ? Voilà les questions qu'elle s'était posées interminablement jusqu'au moment où elle avait compris que de toute façon elles n'avaient pas d'importance puisqu'il l'avait abandonnée.

Elle vida son verre d'eau pour lutter contre la faiblesse qui l'envahissait. C'était ridicule de réagir ainsi. Ce malaise allait passer. Peu importait qu'Alessandro ait femme et enfants. Elle, Rose Taylor, se battait pour faire remonter à la lumière une histoire vieille de trois mille ans.

— Je comprends votre inquiétude mais nous devons fouiller ce site.

Il passa la main dans ses cheveux. Le regard noir qu'il lui adressa faillit détruire le peu d'assurance qui restait à Rose.

— Combien de temps cela va-t-il prendre ?

— Tout dépend. Si nous ne trouvons rien, quelques mois. Si nous trouvons quelque chose, entre cinq et dix ans. À condition bien sûr que nous soyons financés.

Alessandro se redressa brusquement.

— Mais je ne peux pas attendre cinq à dix ans ! Et il est hors de question que je subventionne une équipe d'archéologues.

Le message était clair pour Rose. Son ancien amant allait contrarier ce qui promettait d'être le fleuron de sa carrière. Elle le détestait.

— Personne ne vous a rien demandé !

Alessandro la regarda droit dans les yeux.

— Si jamais ces fouilles donnent un résultat, je peux dire adieu à mes projets. À l'avenir des enfants, à l'avenir de l'île.

*Les enfants...*

La famille pour laquelle il l'avait abandonnée. Exactement comme son père l'avait fait autrefois. Une fois de plus, elle était rejetée. Mieux valait refouler ce triste sentiment au plus profond d'elle-même et oublier que l'homme qui se tenait devant elle était celui qui lui avait brisé le cœur après lui avoir fait connaître le paradis sur terre.

— C'est très important de préserver le passé. Il a beaucoup à nous apprendre, insista-t-elle.

— Vous ne pensez pas que le présent et le futur aussi sont importants ? Les gens qui vivent actuellement à Paxos ont besoin de se nourrir, d'habiller leurs enfants, d'acheter des médicaments...

— Si nous trouvons un site antique, de nombreux touristes viendront le visiter.

Alessandro retint un ricanement.

— Allons, Rose, vous ne pouvez pas honnêtement imaginer trouver le palais d'un homme qui n'a vécu que dans l'imagination d'Homère !

Certes. En revanche, Rose savait que ramener au jour des vestiges de l'âge du bronze était une possibilité réelle, ce qui constituerait un atout majeur pour le déroulement de sa carrière.

— Je vous accorde un mois, quatre semaines exactement, trancha Alessandro. Ensuite, les constructeurs commenceront leur travail.

— C'est absurde.

— Absurde ? Pour quelle raison ?

— Parce que, si nous trouvons des ruines, ils seront obligés de démolir ce qu'ils auront fait.

— Vous ne trouverez rien !

Rose eut un petit rire narquois.

— Alessandro, je me rappelle combien tu étais tenace mais je ne t'ai jamais entendu parler sur ce ton condescendant.

À ces mots, Alessandro se figea sur place. C'était la première fois que l'un d'eux faisait allusion au passé.

— Je te jure qu'il n'y a rien à découvrir ici.

— Comment peux-tu en être aussi sûr ?

— Parce que ma famille vit ici depuis des siècles. S'il y avait quoi que ce soit d'intéressant ici, ça se saurait depuis le temps !

Rose haussa les épaules. Même si rien d'aussi ancien que ce qu'elle espérait n'était ramené au jour, les experts qui avaient inspecté le site étaient certains qu'une investigation plus poussée s'imposait. En cas de succès, des années seraient nécessaires pour fouiller le site dans sa totalité. Rose savait aussi bien qu'Alessandro que le musée d'Athènes ne lui laisserait pas indéfiniment son équipe sur le terrain. Et que, finalement, s'ils n'avaient rien trouvé pendant le délai accordé, le permis de construire serait délivré. Au mieux, elle avait une paire de mois devant elle. Probablement moins.

— Si nous n'avons rien trouvé dans trois mois, nous abandonnerons nos recherches.

— Trois mois ? C'est hors de question. Je vous laisse six semaines.

Selon toute vraisemblance, le musée rappellerait son équipe avant. Mais ce n'était pas la peine d'en informer Alessandro.

— D'accord. Six semaines à partir d'aujourd'hui. Mais

bien entendu, si nous découvrons quoi que ce soit, les fouilles continueront aussi longtemps que ce sera nécessaire.

Alessandro serra les mâchoires.

— Marché conclu.

Il lui tendit la main pour arrêter leur affaire.

Rose hésita. À la seule pensée de toucher la peau d'Alessandro, elle sentit son corps trembler. Elle fit un effort pour surmonter cette appréhension. Après tout, il s'agissait seulement de conclure un marché.

Elle approcha sa main et le regretta aussitôt. Une heure plus tôt, à quelqu'un qui lui aurait demandé si sa vie lui plaisait, elle aurait répondu sans le moindre doute qu'elle menait l'existence de ses rêves. Maintenant, elle en était moins sûre. Son propre passé, si soigneusement enfoui jusque-là, venait brusquement de remonter à la surface. Pourquoi Alessandro lui avait-il menti autrefois ?

*C'est peut-être ma seule chance de savoir.*

— Alessandro, pourquoi ne m'avais-tu pas parlé de tes enfants ?

Il passa la main sur son visage.

— Il m'a semblé que c'était mieux comme ça.

— Pour toi, peut-être, mais pour moi ?

— Je t'assure que je me suis tu parce qu'il valait mieux que tu ne le saches pas.

Elle pinça les lèvres.

— Évidemment, c'est plus facile de séduire une jeune fille si on omet de lui dire qu'on a déjà fondé une famille !

— Non, Rose, ce n'est pas ça la raison.

— Explique-moi.

— Je ne voulais pas ruiner ta vie à toi aussi. Si j'avais pu faire autrement, je l'aurais fait, crois-moi.

— Non. Si tu n'étais pas libre, tu aurais dû me le dire dès le départ.

— J'étais libre quand nous avons fait connaissance.

Rose prit un air outrageusement surpris.

— Tu ne savais pas que tu avais des enfants ? Quelle blague !

— Je savais qu'ils existaient, Rose, mais ce ne sont pas les miens.

# 3

Rose éclata d'un rire forcé.

— Tu me crois assez bête pour gober ce bobard ? Tu en parles comme de tes enfants, j'ai vu des photos. Arrête de me mentir, je t'en prie.

— Rose, dans la vie, ils sont bien mes enfants, mais biologiquement ils sont ma nièce et mon neveu.

Cette réponse laissa Rose sans voix. Elle savait peu de choses sur la famille d'Alessandro mais il lui avait parlé de son frère aîné.

— Qu'est-il arrivé à ton frère ?

— Lui et sa femme sont morts dans un accident de voiture.

Dans la tête de Rose, les morceaux du puzzle commençaient à se mettre en place.

— Le jour où tu as quitté Athènes, c'est ça ?

Lentement, sans un mot, Alessandro hocha la tête.

— C'est pour cette raison que tu es parti aussi brusquement ? insista Rose. C'est pour ça que tu es revenu ici ?

Alessandro hocha la tête une fois de plus.

— Je suis revenu pour m'occuper des jumeaux qui avaient deux ans.

En le voyant écarter de la main le geste de sympathie qu'elle s'apprêtait à lui adresser, Rose sentit son cœur se serrer de douleur. Aucun des scénarios qu'elle avait imaginés pour s'expliquer le départ d'Alessandro n'avait inclus une tragédie familiale justifiant son retour à Paxos.

Tous, absolument tous, étaient parvenus à la même conclusion : Alessandro avait choisi de la quitter. Il l'avait rejetée parce qu'elle n'était pas assez intéressante à ses yeux.

Elle avait cru le pire de sa part.

Voilà qui en disait long sur son propre sentiment d'insécurité. L'abandon de son père l'avait traumatisée, c'était clair, mais jamais elle n'aurait pensé qu'il l'affecterait encore tant d'années plus tard.

— Tu aurais pu m'en parler.

Mal à l'aise, Alessandro fixait le bout de ses chaussures, regardait par la fenêtre, bref, il fuyait le regard de Rose.

— C'était inutile.

— Je comprends. Toi et moi, c'était juste une petite aventure de vacances.

— Non, Rose, pas du tout.

Il s'approcha d'elle et la prit par le coude. Une chaleur toute en sensualité monta le long du bras de Rose, jusqu'à son épaule, jusqu'à son cœur.

— Je ne t'ai rien dit parce que je te connaissais bien. Je savais de quoi tu rêvais pour ton avenir. Je savais que tu n'avais pas envie de passer ta vie bloquée sur une petite île pour élever deux enfants qui n'étaient même pas les tiens. Je n'ai pas voulu t'imposer ce destin.

— Où sont les jumeaux maintenant ? Ils doivent avoir treize ou quatorze ans ?

— Ils auront seize ans la semaine prochaine. Ils vivent ici avec ma grand-mère et moi.

— C'est toi qui les as élevés ?

— Oui, avec ma *Yiayia*.

*Et moi, pendant tout ce temps, j'ai cru qu'il y avait une autre femme dans ta vie.*

Rose ne réussit même pas à articuler cette phrase à voix haute.

— J'aurais compris...

— J'ai fait ce qui m'a paru le meilleur pour toi.

— C'est plutôt prétentieux de ta part d'avoir choisi à ma place, non ?

— Tu voulais voyager, explorer le monde, pas mener la vie monotone qui allait être la mienne. Tout, plutôt que devenir l'épouse d'un homme d'affaires bloqué sur une petite île.

Alessandro n'avait pas tort. C'est bien ce qu'elle lui avait dit quand ils parlaient de leurs rêves d'avenir. Jamais elle n'avait évoqué une vie tranquille et sédentaire.

Il passa la main dans ses cheveux.

— Je n'aurais pas pu supporter de t'entendre me dire que tu ne voulais pas passer ta vie avec moi.

— Tu aurais pu au moins me le demander !

— Qu'est-ce que tu m'aurais répondu ?

— J'aurais...

*J'aurais voulu rester avec toi.*

En fait, ils ne s'étaient jamais demandé à quoi chacun aurait accepté de renoncer pour rester avec l'autre.

— La décision aurait été difficile à prendre mais nous aurions pu la prendre ensemble. À moins que tu n'aies pas voulu rester avec moi ?

Alessandro baissa les yeux.

Alors Rose comprit tout. La raison du silence d'Alessandro était toujours la même.

Il n'avait pas voulu d'un futur avec elle.

C'était pareil aujourd'hui.

# 4

Rose redescendit à grands pas sur le site. Ce site qui, elle l'espérait de tout son cœur, allait mettre en échec les projets d'Alessandro et ébranler le futur de l'île en même temps que celui de ses neveux.

Il essayait de la culpabiliser pour l'amener à renoncer à ses fouilles. Cela ne marcherait pas. Non, elle ne se sentirait pas coupable. Oui, elle continuerait. Elle tenait peut-être au bout de sa truelle d'archéologue la possibilité d'une découverte historique qui donnerait forme à un pan mal connu de l'histoire ancienne de la Grèce. En plus du frisson d'excitation que cette perspective lui apportait déjà, c'était une piste grisante.

Une fois qu'elle fut de retour sur le chantier, Gabriel s'approcha d'elle.

— Alors ? Comment ça s'est passé ?

— Alessandro Andino n'est pas content de notre présence mais il n'a pas le choix. Il nous accorde six semaines.

— C'est tout ? Et si nous n'avons pas terminé ?

— Écoute, Gabriel, à chaque jour suffit sa peine.

Sur cette parole décisive, elle regagna son poste en se gardant bien de lui dire que le musée risquait fort de leur couper les vivres s'ils n'avaient rien trouvé d'ici là. En revanche, toute trouvaille, même de peu d'importance, amènerait le musée à peser sur l'obstination d'Alessandro.

Le site avait été divisé en sections. Chaque membre de l'équipe se concentrait sur une seule d'elles à la fois pour fouiller chaque couche de sédiments avec le plus grand soin. Jusqu'à présent, Rose estimait qu'ils avaient dû dégager un quart de tonne de terre et ce n'était que le début ! Mais, à chaque prélèvement, ils avaient l'espoir de découvrir quelque chose.

Rose travailla aussi tard que possible. Elle avait toujours du mal à quitter le site quand elle était lancée. Étant donné le peu de temps qui leur était accordé pour progresser, elle avait pris la décision de demander qu'on installe des projecteurs pour leur permettre d'allonger leur temps de travail.

Une fois tout le monde parti et la nuit tombée, Rose retourna vers le petit bâtiment qu'elle partageait avec deux jeunes étudiantes de son équipe. Elles étaient allongées sur leurs lits superposés et discutaient de leur soirée de la veille. Il y avait de la romance dans l'air, mais Rose se retint de les mettre en garde contre les histoires d'amour nouées au cours de l'été. Elles auraient peut-être plus de chance qu'elle-même n'en avait eu.

Après avoir pris une douche pour se débarrasser de la couche de poussière accumulée au cours de la journée, propre mais affamée, elle prit sa tablette pour se rendre à la taverne que Myra, sa logeuse, lui avait recommandée. Elle commanda un verre de résiné, ce vin blanc élevé dans des tonneaux en pin, ce qui lui donne son goût caractéristique de résine, une assiette de feuilles de vigne farcies au riz, des aubergines frites et une portion de tzatsiki.

Elle ouvrit sa tablette et cette fois, au lieu de la refermer tout de suite, elle lut avec attention ce qu'elle trouvait au sujet d'Alessandro Andino.

Tout ce qu'il lui avait dit tout à l'heure était vrai.

Il était bien le directeur des hôtels Aster, une chaîne hôtelière installée sur les îles ioniennes, qui proposait à ses clients un accueil haut de gamme dans le respect de l'environnement. C'était une affaire de famille, fondée par le grand-père d'Alessandro et gérée ensuite par son père et son frère aîné.

Comment aurait-elle pu deviner tout cela ? Alessandro ne lui avait pas parlé de sa famille. Elle trouva même un compte rendu de l'accident qui avait coûté la vie à Théo et à son épouse. Un poids lourd avait perdu le contrôle de son véhicule et avait fauché leur voiture, provoquant leur mort sur le coup. L'article mentionnait également le changement de vie d'Alessandro qui avait renoncé à une carrière de journaliste pour prendre la relève de l'affaire familiale tout en élevant sa nièce et son neveu.

Ce n'était pas la vie que Rose avait imaginée pour lui. Ni celle qu'il envisageait pour lui-même autrefois. Elle devait reconnaître qu'au moins il ne lui avait pas menti sur ses passions.

Autour d'elle, les clients allaient et venaient. Elle était assise à l'intérieur, sa tablette posée sur une nappe à carreaux bleus et blancs. La taverne était éclairée par des bougies et sentait bon les fruits de mer fraîchement pêchés. Elle mordit dans sa portion d'aubergines frites et prit le temps de la savourer. Honnêtement, si Alessandro l'avait mise au courant de sa situation, est-ce que cela aurait changé quelque chose à sa vie ? Oui, en ce sens qu'elle aurait su tout de suite qu'il se consacrait à des enfants qui étaient seulement ses neveux et pas les siens propres. Elle aurait été moins malheureuse. Et puis elle l'aurait peut-être suivi ?

Comment savoir ? À l'époque, elle était follement amoureuse de ce beau grec. Qui sait si elle n'aurait pas tout quitté pour partir avec lui ?

Ce fut seulement à cet instant qu'elle comprit le comportement qu'Alessandro avait eu autrefois. En partant comme il l'avait fait, sans rien lui expliquer, il lui avait évité d'avoir à prendre une décision. Il savait qu'elle ne souhaitait pas rompre avec son genre de vie nomade, qu'elle adorait aller d'un site de fouilles à un autre. Devenir gérante d'une chaîne d'hôtels, coincée à vie sur une petite île grecque, occupée à élever des enfants qui n'étaient pas les siens, ce programme ne correspondait absolument pas à ses aspirations. Alessandro avait eu peur qu'elle se sente obligée de le suivre. Ou que son amour tout neuf la rende aveugle à ses aspirations profondes. C'était généreux de sa part. Oui, mais elle lui en voulait tout de même de lui avoir caché la vérité.

Un grognement de frustration lui échappa. À force de penser à lui, elle perdait de son assurance. Il avait conservé sa voix de velours, mais les années et les soucis avaient creusé son visage. Sa mâchoire était plus fortement dessinée, ses pommettes davantage marquées et son regard plus dur. Ses responsabilités avaient donné à sa carrure une allure déterminée. Pourtant, tout à l'heure, en le regardant, elle avait par moments retrouvé l'Alessandro qu'elle avait aimé autrefois.

Quoi qu'il en soit, même s'il avait eu une raison valable pour agir comme il l'avait fait, ils n'avaient aucun futur possible ensemble. La vie d'Alessandro était définitivement rivée à Paxos.

Et plus précisément à l'endroit même où elle devait

travailler. Leurs vies allaient dans des directions opposées. Il était décidé à construire son hôtel, elle, à poursuivre son travail comme si de rien n'était. C'était le clash assuré, mais tant pis, ce n'était pas sa faute.

— Qu'est-ce que tu as ce soir, Ali ? Tu parais contrarié, constata Anastasia, la grand-mère d'Alessandro, ce soir-là au moment du repas.

Comme chaque fois qu'il se trouvait à Paxos, il tenait à dîner avec elle et ses neveux, Lucas et Ana. Yiayia se faisait vieille et ne cuisinait plus beaucoup, aussi avait-il engagé Angelina pour la seconder.

— Tout va bien, Yiayia, ne t'inquiète pas.

— Ana m'a dit que tu avais l'air furieux cet après-midi quand tu as amené une jolie jeune femme rousse dans ton bureau. Celle qui loge chez Myra, tu vois qui je veux dire ?

Alessandro jeta un regard noir sur sa nièce qui lui sourit le plus innocemment du monde.

— Une jeune femme rousse ?

Il ne répéta pas « jolie ». De toute façon, ce mot ne convenait pas à Rose. Elle était bien plus que jolie ! Elle était belle. Belle à couper le souffle.

— Oui, je vois très bien, Yiayia. C'est une archéologue qui veut faire des fouilles sur le terrain prévu pour la construction du nouvel hôtel.

— C'est vrai qu'elle est jolie ? insista Yiayia.

— Qu'elle le soit ou non, ce n'est pas cela qui compte. Elle est bien décidée à empêcher mon chantier de démarrer.

— Ah... mais c'est tout à fait normal, tu sais bien que la loi exige une étude préalable. Tu as toi-même fait les démarches.

— Oui, mais au départ il s'agissait d'une simple formalité.

J'ai peut-être trop tardé pour envoyer les dossiers. Théo n'aurait sans doute pas attendu la dernière minute comme je l'ai fait.

Théo, le grand frère. L'homme d'affaires brillant. Le fils préféré. Celui qui n'avait jamais déçu et à qui tout réussissait.

— Figure-toi qu'elle est persuadée qu'elle va trouver des vestiges de l'âge du bronze. Et pourquoi pas, le palais d'Ulysse qui n'a jamais existé !

— Waouw ! C'est super cool ! s'écria Ana.

Alessandro lui jeta un regard furieux.

— Elle ne va rien trouver du tout, évidemment. Son idée est absurde. Tout le monde sait que les histoires d'Homère sont de pures inventions.

Lucas qui s'était tenu un peu en retrait jusque-là sentait le ton monter.

— Dis donc, oncle Ali, si tu te calmais un peu ?

Alessandro constata qu'il avait haussé la voix malgré lui. En fait, il avait une migraine épouvantable. Un night-club entier tambourinait à ses tempes.

— C'est normal que je sois agacé. Tout le projet va être retardé à cause de cette aberration !

Yiayia, Lucas et Ana le regardèrent d'un air consterné.

Il les considéra en silence. Les deux bambins potelés d'autrefois étaient devenus de grands adolescents resplendissants de beauté juvénile. Il les adorait. Leurs parents biologiques n'auraient pas pu les aimer plus que lui-même ne le faisait.

— Vous ne comprenez pas que je fais ça pour vous ? demanda-t-il sur un ton de reproche. Pour votre avenir ? C'était le rêve de votre père d'agrandir le premier Aster Hôtel !

Il tenait à ce projet afin de prouver, à lui-même d'abord,

qu'il était aussi capable que Théo de mener à bien l'affaire familiale.

— Si, si, nous comprenons, marmonnèrent les deux jeunes gens, le nez dans leur assiette.

Alessandro retrouva un peu de calme. L'existence de ces deux enfants avait fait prendre à sa vie un tour bien différent de celui qu'il avait imaginé au départ mais, en les voyant si beaux et épanouis, il ne regrettait rien. Ils l'avaient aidé à surmonter la douleur de sa séparation avec Rose.

Pourtant pendant tout un été, à Athènes, il avait vécu avec la certitude de vouloir passer le restant de ses jours avec elle. La mort de Théo avait tout bouleversé. En partant comme un voleur, il avait évité à Rose la douleur de faire un choix. Il lui avait permis de mener la vie qu'elle souhaitait, de réussir dans la profession qu'elle aimait, alors que lui-même avait dû renoncer à ses rêves pour remplir son devoir familial.

Il leur adressa un sourire forcé.

— Excusez ma mauvaise humeur de ce soir. Je sors prendre l'air pour me changer les idées.

Sans qu'il l'ait décidé, ses pas l'amenèrent chez Myra où logeait Rose.

— Rose, la jolie rousse ? demanda cette dernière. Elle est partie passer la soirée chez Joe comme d'habitude. Je suis sûre que tu vas la trouver là-bas.

Alessandro hocha la tête. Tout le monde était d'accord pour la trouver jolie, mais personne ne comprenait qu'elle était ici pour détruire l'avenir de leur île. C'était horripilant. La réflexion enthousiaste d'Ana en particulier le bouleversait. Si sa famille elle-même approuvait le projet de Rose, il aurait bien du mal à se battre contre elle.

Plus il réfléchissait et plus son inquiétude augmentait. La Grèce regorgeait de vestiges de l'Antiquité Et, même si Rose ne trouvait rien qui puisse être rattaché à Homère, il suffirait d'une découverte mineure pour faire capoter son projet d'extension hôtelière. Un projet qui avait été celui de son père avant de devenir le rêve de Théo et d'Arianna, son épouse, dès qu'elle s'était trouvée enceinte des jumeaux. C'était son devoir de protéger l'héritage de ses neveux qui étaient devenus ses enfants.

À peine entré chez Joe, il découvrit Rose, installée près d'une fenêtre, sa tablette posée sur la table devant elle. Alors que l'après-midi elle avait attaché ses cheveux sur sa nuque, ce soir, ils déployaient leur masse soyeuse couleur de feu sur ses épaules bronzées.

Elle était belle.

Plus que belle.

— Alessandro ! s'écria Joe, le patron de la taverne d'une voix joyeuse en apercevant son ami.

Cette interpellation alerta Rose qui referma rapidement sa tablette en apercevant le nouveau venu. De toute évidence, elle ne voulait pas qu'il aperçoive ce qu'elle venait de lire. Sans doute l'histoire de sa famille ? Il lui en avait si peu parlé... Depuis la mort de Théo et d'Arianna, il avait veillé à maintenir ses proches loin de la presse à scandale mais, si elle s'était donné la peine de chercher, elle aurait certainement trouvé quelques informations les concernant. À vrai dire, il l'avait même espéré. Oui, il avait osé imaginer qu'un jour, furieuse, elle viendrait frapper à sa porte pour lui demander des comptes.

Mais cela ne s'était pas produit. Le plan qu'il avait mis en place avait trop bien réussi. Elle avait continué son chemin sans se préoccuper de lui. Lui, au contraire, avait continué à penser à elle et à lire ce qu'il trouvait à son sujet. Il savait qu'elle avait obtenu son doctorat, qu'elle avait participé à des fouilles couronnées de succès, qu'elle avait signé plusieurs publications d'un haut niveau scientifique.

Cependant, il n'avait jamais rien trouvé au sujet de sa vie privée. Quelques photos la montraient en compagnie d'hommes jeunes. Des collègues ? Des amants ? Chaque fois il en avait été bouleversé de contrariété.

Il s'approcha de Rose.

— Je peux m'asseoir à ta table ?

Elle rangea sa tablette et lui désigna de la main la chaise vide en face d'elle.

— Je t'en prie.

— Tu travailles encore à cette heure ?

— Bien obligée ! Je n'ai que six semaines devant moi.

Le sourire qu'elle lui adressa fit fondre le cœur d'Alessandro.

— Je vais faire installer des spots, reprit-elle, pour pouvoir gagner quelques heures de travail chaque jour. Comme tu le sais, le temps nous est compté.

Diable, quelle détermination ! Il avait affaire à forte partie.

Joe leur apporta deux verres de résiné.

Rose souleva le sien et le heurta doucement contre celui de son invité.

— En souvenir du temps passé !

— Oui, en souvenir du temps passé..., répéta Alessandro d'une voix triste, comme lui remontaient en mémoire leurs nuits d'amour, les draps froissés, leurs doigts emmêlés, les promesses qu'ils s'étaient faites.

— Comment s'appellent ta nièce et ton neveu ?

La question le ramena brusquement au moment présent.

— Ana et Lucas.

Alessandro sentait les muscles de ses épaules se détendre

peu à peu. Ils n'allaient pas se disputer. Ils allaient juste se parler comme deux amis qui se sont perdus de vue et mettent à jour leurs connaissances.

— Parle-moi un peu d'eux.

— Eh bien, ce sont deux adolescents pleins de vie, prêts à changer le monde !

— Ça a dû être difficile pour toi de les élever tout seul, non ?

— Ma grand-mère Anastasia, que nous appelons Yiayia, a toujours été là, et chacun dans le village a tenu à me seconder. Ma famille vit ici depuis des générations, tout le monde sur l'île connaissait mon frère et sa femme. Je n'ai jamais manqué de soutien.

C'était vrai, mais c'était tout de même lui qui s'était toujours trouvé en première ligne, et Yiayia ne serait pas toujours là. Voilà pourquoi il avait à cœur de leur laisser de quoi bien démarrer dans la vie.

— Et toi ? demanda Rose. Parle-moi de toi. Je me souviens que tu voulais voyager, écrire.

Alessandro haussa les épaules. Voyager ? Écrire ? Il avait oublié ces ambitions de jeunesse. Il les avait enterrées bien profondément en lui le jour où sa vie avait brusquement changé de sens.

Finalement, ce n'était pas plus mal. Il s'était révélé plutôt efficace dans le monde des affaires, peut-être moins que son frère mais c'était suffisant. Il y avait même pris du plaisir. C'était dommage que son père ne soit plus là pour le constater. Les paroles blessantes de ce dernier lui revenaient en mémoire.

« Pourquoi n'as-tu pas le sens des responsabilités comme ton frère ? Tu me décevras toujours... »

Voilà ce qui résonnait encore dans sa tête, aussi fort que s'il s'était trouvé près de lui pour les prononcer.

— Moi ? Je n'ai rien d'intéressant à te raconter. Je vis ici, j'élève deux enfants, je fais marcher mes hôtels. Tu vois, ce n'est pas palpitant. Et toi ? Qu'est-ce que tu as fait pendant tout ce temps ?

*Dis-moi si tu as un amoureux. Si tu es mariée. Si tu as des enfants.*

Bien sûr, il n'allait pas poser ces questions de but en blanc. En fait, il redoutait la réponse.

— Tu es toujours basée à Birmingham ?

— Non, je suis à Londres maintenant. Mais, en fait, j'y passe peu de temps. Après mon doctorat, j'ai travaillé à Istanbul, puis en Sicile et dans le sud de l'Espagne.

Alessandro ne fut pas surpris de cette réponse. Rose avait mené la vie qu'elle souhaitait. Cela le laissait admiratif et un peu envieux. Des années plus tôt, quand il avait appris l'accident de son frère, quand il avait compris que ses rêves étaient brisés, son souci avait été de préserver ceux de son amoureuse. Son devoir était de s'occuper de sa famille. Il tiendrait le serment qu'il avait fait autrefois à Théo et à son père.

Ce n'était guère le moment, et pourtant il ne pouvait empêcher le souvenir qui hantait encore ses nuits de remonter à sa mémoire. Il avait dix ans, alors. Il était fou comme un jeune chien et sûr de lui au-delà du raisonnable. Un jour, il avait voulu voir jusqu'où il pouvait nager au milieu de la mer, mais il avait oublié qu'il lui faudrait revenir. C'est Théo qui était venu à son secours et l'avait ramené sur la plage, grelottant, à demi évanoui mais assez conscient tout de même pour entendre les reproches que son père lui adressait. Il s'était juré ce jour-là de toujours être présent si son frère avait besoin de lui.

Voilà pourquoi, après si longtemps, il tenait parole. Il

avait son devoir à remplir, Rose avait sa carrière à mener. Alors, même si l'envie de lui prendre la main pour la porter à ses lèvres se faisait de plus en plus intense, il résista. Il croisa les doigts et les cacha sous la table.

Une fois leur verre terminé, ils quittèrent la tiédeur de la taverne pour retrouver la fraîcheur de la nuit et son parfum salé. Leurs visages éclairés par les réverbères de la petite place, ils se regardaient, prêts à partir chacun dans sa direction.

— Il faut que je rentre maintenant, dit Rose en faisant un pas en arrière. Je me lève tôt le matin !

En fait, elle voulait échapper à la fascination qu'exerçait sur elle le regard sombre d'Alessandro.

— Tu sais, je viens d'avoir une idée, commença ce dernier.

— Ah oui ? Je peux savoir ?

— Je te la dis tout de suite car elle te concerne : tu devrais venir t'installer à l'hôtel. Tu y serais bien mieux que dans le dortoir de Myra.

Rose éclata de rire.

— Je n'ai pas les moyens de me payer l'hôtel !

— Il n'est pas question de payer quoi que ce soit. Tu es mon invitée.

— Pas question ! se récria Rose.

— Réfléchis bien. Au lieu de dormir dans un dortoir, tu aurais ta propre chambre, ce n'est pas négligeable pour toi qui travailles encore le soir.

Sur les chantiers, Rose était habituée à partager sa chambre. Ici, les deux jeunes femmes avec qui elle le faisait étaient encore étudiantes et amies proches. Rose se sentait exclue de leur relation au point d'avoir parfois le sentiment d'être leur grande sœur ou même leur mère.

— En plus, tu serais à deux pas du site, ajouta Alessandro.

— Encore une fois, je n'ai pas les moyens de...

— Je te répète que tu es mon invitée !

Rose croisa les bras.

— Pourquoi ?

Alessandro lui adressa un sourire amusé.

— J'ai une raison supplémentaire de te faire cette proposition.

— Je t'écoute.

— Eh bien, comme tu serais logée sur place, tu ne perdrais pas de temps en déplacements, ce qui signifie que tu pourrais travailler plus. Plus tu travailles vite, plus rapidement tu termines. Et plus vite tu termines, plus vite je construis !

Une déception cuisante s'empara de Rose. Elle avait imaginé qu'Alessandro la voulait proche de lui.

— C'est un avantage non négligeable en effet.

— Il y en a un autre.

— Lequel ?

— J'aurai le plaisir de te voir davantage, évidemment !

Elle fit semblant de rire.

— Non, pas question d'aller dans ce sens.

— Qu'est-ce que tu veux dire ?

— Tous simplement que, pour ton travail comme pour le mien, il vaut mieux que nous arrêtions de flirter tous les deux.

— Rose, je vais être honnête avec toi. Je désire effectivement que tes fouilles avancent le plus vite possible pour que tu quittes Paxos dans les plus brefs délais mais, entretemps, je serais heureux de te rendre la vie plus facile.

Devant l'hésitation de Rose, le sourire séducteur revint sur ses lèvres.

— Laisse-moi une chance de réparer comme je peux le

mal que je t'ai fait en te quittant sans te donner d'explications. Je t'assure que j'étais persuadé de faire ce qui était le mieux pour toi, mais je t'ai blessée et je le comprends. Je cherche à me faire pardonner, voilà tout.

Rose réfléchissait. La solution qu'Alessandro lui proposait lui ferait gagner une heure de travail chaque jour. Elle ne gênerait personne et personne ne la gênerait. Alessandro serait tout proche. Sur ce dernier point, elle n'arrivait pas à décider si c'était un bien ou un mal. Mais la tentation était forte.

Alessandro lui souriait, plus séduisant que jamais.

— C'est oui ?

Elle hocha la tête.

— Alors va préparer tes affaires, j'enverrai quelqu'un les chercher demain matin pendant que tu travailleras.

— Merci.

— Et, demain soir, je te ferai visiter Paxos.

— Mais pourquoi ?

— Tu as entendu parler de l'hospitalité grecque ? En plus, il se trouve que c'est mon métier de m'occuper des touristes. Alors profites-en. Tu ne peux tout de même pas travailler vingt-quatre heures sur vingt-quatre !

Ce fut au tour de Rose de sourire.

Il profita immédiatement de la situation qui tournait à son avantage.

— Comme j'imagine que tu es obligée de te nourrir, je t'invite à dîner demain soir. Rendez-vous à 19 heures.

Le cœur de Rose battait comme un fou. Avait-elle vraiment accepté de s'installer dans l'hôtel d'Alessandro ?

*Il m'invite parce que je travaille sur son île, en hommage à la traditionnelle hospitalité grecque.*

Soit. Mais cette explication n'en cachait-elle pas une

autre ? Celle même qui les avait autrefois irrésistiblement attirés l'un vers l'autre ?

Non. Le passé était mort et enterré. Elle apprécierait simplement d'avoir une chambre pour elle seule.

*Tu seras proche de lui. Tu rencontreras peut-être sa famille...*

Et alors, où était le problème ?

Sa décision était prise. Elle s'installerait à l'hôtel, elle gagnerait du temps pour son travail.

Car c'était bien cela l'essentiel ?

# 5

Cette nuit-là, Alessandro dormit fort mal. Des morceaux de la conversation qu'il avait eue avec Rose la veille au soir lui revenaient à la mémoire. Il revoyait en esprit son visage lumineux et son regard noisette, pétillant d'intelligence. Son cœur s'affolait à ce souvenir et son corps flambait de frustration. Quatorze ans plus tôt, c'était ce qui l'avait séduit à Athènes, et la magie opérait encore.

Après l'avoir quittée, il avait essayé de se consoler en se disant qu'elle se serait vite lassée de lui car il était loin d'être parfait. Bien évidemment, toutes sortes d'hommes séduisants allaient croiser son chemin, tous prêts à passer leur vie avec elle.

Pourtant, depuis la veille, il n'était plus aussi certain de ce scénario. Il avait lu sur le visage de Rose les efforts qu'elle faisait pour dissimuler son trouble. Pour la première fois, il avait regretté d'être parti sans lui avoir expliqué ce qui venait de bouleverser sa vie. Peut-être aurait-elle choisi de le suivre ? Jamais il n'avait dû rassembler autant de courage pour lui dire ce qui devait l'être.

*Nos chemins ont bifurqué, Rose. Chacun doit continuer dans la voie qui est la sienne.*

Ces phrases le rongeaient. Il refusait de l'admettre mais

Rose avait raison sur un point : en partant comme il l'avait fait, sans donner d'explication, il avait choisi la facilité. Car, au fond, il avait eu peur de l'entendre lui répondre : « Non, je ne te suivrai pas à Paxos. »

Pire encore, il avait refusé la possibilité qu'après avoir accepté de l'accompagner elle regrette ce choix et l'abandonne avec les jumeaux qui auraient sans doute commencé à l'aimer.

Pour la même raison, il n'avait jamais eu depuis de liaison sérieuse. Il ne voulait pas faire courir aux jumeaux le risque de s'attacher à une femme qui ne resterait pas. Il avait encore dans les oreilles les pleurs désespérés des petits qui appelaient leurs parents qui ne reviendraient jamais. À l'époque, ils étaient trop jeunes pour comprendre ce qui s'était passé. Il était devenu leur roc. Aussi, ses relations féminines demeuraient-elles légères, agréables et libres de tout engagement.

Il était peut-être fou d'avoir invité Rose à loger à l'hôtel. Elle avait de bonnes raisons de se méfier. Pourtant, une autre raison que celle de la faire revenir dans son lit l'avait poussé à faire sa proposition. Il tenait à lui montrer l'importance de son affaire et son attachement à sa famille. Cela l'aiderait à comprendre pourquoi il l'avait abandonnée à Athènes. Il lui prouverait ainsi qu'il avait fait ce choix non par manque de respect à son égard mais par loyauté envers sa famille.

Un peu plus tard, quand il pénétra dans la cuisine, deux paires d'yeux noirs se levèrent sur lui. Ceux de Yiayia et ceux d'Ana. On aurait dit qu'elles avaient deviné qu'il avait quelque chose à leur annoncer.

Autant ne pas les faire attendre.

— J'ai proposé à Rose de venir s'installer ici pendant son séjour à Paxos.

— Dans la maison ? demanda Yiayia.

— Oui.

— Ici plutôt qu'à l'hôtel ?

— Oui. Je la connais depuis longtemps.

Yiayia et Ana échangèrent quelques regards lourds de signification.

— *Je t'avais bien dit qu'il la connaissait !*

— *Non, tu m'avais dit qu'elle lui plaisait.*

— *C'est la même chose.*

— *Non, pas du tout.*

— Parfait. Nous ferons de notre mieux pour qu'elle se sente à l'aise, déclara Yiayia.

— Merci pour votre accueil à toutes les deux.

Puis, se tournant vers Ana d'un air suspicieux :

— Tu me promets de...

— ... de ne pas faire de gaffe ? Promis, juré !

Le lendemain, après avoir pris son petit déjeuner, il alla dans son bureau pour assister à une visioconférence. Dans la matinée, son téléphone professionnel retentit. Quand il vit s'afficher le nom de Demetri, son sang ne fit qu'un tour.

— Il paraît que tu as des soucis pour obtenir ton permis de construire ? s'enquit l'entrepreneur.

Alessandro retint un soupir. Les nouvelles allaient vite.

— Non, pas vraiment. On nous demande seulement un petit délai.

— Qu'est-ce que tu appelles un petit délai ? reprit Demetri.

— Une à deux semaines au maximum.

— Pas davantage, OK ? Les livraisons de matériel vont commencer. Les travaux doivent débuter dans un mois.

Cette insistance agaça Alessandro au plus haut point.

— Je sais, Demetri.

— Alors qu'est-ce que je leur dis ?

— À qui ?

— Aux fournisseurs. Est-ce qu'ils livrent le matos dans deux semaines comme prévu ?

Alessandro transpirait. Les poutrelles de fer risquaient de rester en rade sur le site plus longtemps que prévu. Pourtant, il faudrait les payer. L'hypothèque qu'il avait faite sur le terrain allait augmenter. Mais, s'il ne donnait pas le feu vert à cette livraison, il allait perdre le créneau qui lui avait été réservé. Réussir à faire arriver à Paxos des livraisons depuis le continent était toujours un cauchemar. Que se passerait-il si jamais la construction était retardée ? Il resterait coincé avec un tas de ferraille pendant quelques semaines supplémentaires, voilà tout.

— Oui, qu'ils effectuent la livraison prévue.

— Envoie-moi ton accord par écrit.

Alessandro bondit sur sa chaise.

— Par écrit ? Jamais de la vie ! Ma parole doit te suffire.

Furieux de ce qu'il considérait comme une indélicatesse à son égard, il mit fin à la communication en raccrochant le téléphone d'un geste rageur. Jamais personne n'avait mis en doute sa parole d'homme d'affaires. Pas plus que celle de son père, de son grand-père ou de son frère. Ça n'allait pas commencer maintenant ! Pourquoi cet homme avait-il osé faire pareille requête ?

*Parce que tu n'es pas ton père. Ni Théo. Tu es le suppléant. Le second. Tu n'es que le remplaçant, celui dont l'irresponsabilité a déçu la famille.*

Pourvu que Rose termine son travail le plus vite possible !

Un petit coup frappé à la porte lui fit lever la tête. C'était sa grand-mère qui lui apportait une tasse de café. Il était encore énervé par son échange avec Demetri, mais la présence de la vieille dame l'apaisa.

— Tu n'en prends pas un toi aussi, Yiayia ?

D'un geste de la main, elle écarta cette éventualité.

— J'en ai déjà bu trois. C'est sûrement suffisant.

Largement suffisant pour n'importe qui, pensa Alessandro, mais surtout pour Yiayia qui avait dépassé les quatre-vingt-cinq ans. Il s'efforçait de ne pas remarquer qu'elle vieillissait, qu'elle s'affaiblissait. Au quotidien, il y réussissait assez bien. Pourtant, de temps à autre, quand un déplacement professionnel l'avait tenu éloigné de Paxos pendant quelques jours, la fragilité de sa grand-mère le frappait à son retour.

*Allons, elle a encore de belles années devant elle,* pensa-t-il pour se rassurer.

Les autres membres de la famille étaient tous morts jeunes. Sa mère était morte d'un cancer alors qu'il avait à peine quatre ans. Il venait de fêter ses quinze ans quand son père avait été emporté par une crise cardiaque. Théo et Arianna, eux aussi, avaient disparu bien trop jeunes.

Il se répéta ce qui était devenu son mantra :

*Tu réussiras à construire cet hôtel. Ils seront tous fiers de toi !*

— Tu as beaucoup de travail ? demanda Yiayia.

— Disons que le délai imposé par les fouilles retarde un peu l'avancée des travaux.

Yiayia passa la main sur son front ridé.

— Ça ne devrait pas prendre beaucoup de temps.

— Non, tu as raison. Ce n'est qu'une question de quelques jours.

— Et si jamais elle découvre quelque chose ? s'inquiéta Yiayia.

— Nous verrons le moment venu. Pour l'instant, les

recherches préliminaires indiquent que c'est une possibilité mais personne ne sait à quelle époque remonteraient ces vestiges, au siècle dernier ou trois siècles avant notre ère. Des recherches plus approfondies sont nécessaires.

— Ah… et en cas de découverte importante ?

— Alors nous n'obtiendrons pas l'autorisation de construire.

— Il suffira de chercher un autre terrain !

— Yiayia, tu sais bien qu'il n'en existe aucun aussi proche de l'hôtel et que j'ai déjà engagé beaucoup d'argent dans ce projet.

— Tu as des ressources…

— Je sais, mais c'est aussi l'argent des jumeaux. Je veux laisser l'affaire plus florissante qu'elle n'était quand je l'ai prise en main.

Comme Yiayia hochait la tête sans rien dire, il reprit :

— Tu sais très bien aussi que ce n'est pas seulement une question d'argent. C'est le projet de Théo. Le projet de mon père. Ils ont toujours voulu garder ce lien avec Paxos.

— Tu tiens peut-être aussi à le conserver pour tes propres enfants ?

*Mes enfants ?*

Jamais cette pensée n'était venue à l'esprit d'Alessandro.

— Lucas et Ana sont mes enfants, Yiayia. Tu le sais très bien. Ils suffisent amplement à combler mon besoin d'affection.

— Ils sont déjà presque adultes. Ils vont te quitter très vite. Trente-huit ans n'est pas un âge canonique, Ali. Tu peux aussi penser à ta propre vie.

— Ils ont encore besoin de moi. Ils ne prendront pas l'affaire en main avant quelques années. Surtout s'il faut se battre contre ces fouilles absurdes qui cherchent des vestiges qui n'ont jamais existé.

— Ali, cesse de t'inquiéter comme ça. Tout cela va s'arranger.

— Comment ?

— Je ne sais pas, mais tu trouveras un moyen, j'en suis sûre.

Sa confiance en l'avenir était celle d'une grand-mère débordante d'amour : parfaitement aveugle et pas rassurante du tout.

Ce fut le cœur battant que, ce soir-là, Rose gravit la petite colline qui montait depuis le site des fouilles jusqu'à l'hôtel. L'Aster ne ressemblait pas vraiment à un hôtel mais plutôt à un petit hameau de maisonnettes basses dispersées au sommet de la colline. Des massifs de bougainvillées dégringolaient le long de leurs murs peints en blanc jusque sur les pavés des sentiers qui les séparaient. Les petits jardins débordaient de plants d'origan et de menthe qui embaumaient.

Rose s'avança à la recherche de la réception et se retrouva face au bâtiment où Alessandro l'avait reçue la veille. Il n'était pas là, mais une vieille dame était assise devant la porte en compagnie de deux adolescents. Le garçon consultait son téléphone, la jeune fille était plongée dans un livre.

Il s'agissait certainement des jumeaux car ils paraissaient avoir l'âge qui leur correspondait. Si c'était le cas, elle avait bien trouvé leur maison mais il lui restait à trouver l'hôtel lui-même.

La dame âgée tourna son visage vers Rose.

— Excusez-moi, mademoiselle, êtes-vous Rose ?

— Oui, en effet. Je cherche Aless... M. Andino.

— Nous, on l'appelle oncle Ali, coupa la jeune fille.

— Tais-toi, pipelette ! ordonna son frère.

En voyant la vieille dame se lever avec effort, Rose s'avança vers elle.

— Ne vous dérangez pas. Dites-moi seulement où je peux le trouver.

— Il est absent pour l'instant mais je peux vous montrer votre chambre.

— Je ne veux pas vous déranger ! protesta Rose.

— Vous ne me dérangez pas du tout. Nous sommes très contents que vous ayez accepté la proposition d'Alessandro. Vos bagages sont déjà arrivés.

Elle se mit debout, face à Rose.

— Je suis Anastasia, la grand-mère d'Ali. Et voici mes arrière-petits-enfants, Lucas et Ana. Tout le monde ici m'appelle Yiayia.

Anastasia, Ana... La famille avait donc respecté la tradition grecque qui veut que l'on donne à la première petite-fille le prénom de sa grand-mère maternelle. Malheureusement, il manquait deux générations entre elles.

Tout sourire, Ana s'avança vers Rose.

— Si vous voulez vous baigner, notre piscine se trouve juste derrière le patio mais, je vous préviens, Lucas fait pipi dedans !

Furieux, Lucas donna un coup de poing à sa sœur qui se mit à hurler alors qu'Alessandro arrivait.

— Que se passe-t-il ? demanda-t-il, visiblement mécontent.

— Rien de grave, Ali, s'empressa d'intervenir Yiayia.

Mais il en aurait fallu davantage pour l'apaiser.

— Vous vous disputez et vous vous battez devant notre invitée ?

Anastasia fit signe aux deux adolescents de disparaître et elle leur emboîta le pas, laissant Rose et Alessandro en tête à tête.

— Je suis désolé, Rose, d'habitude ils se comportent mieux que ça.

— Ce sont encore des enfants, plaida Rose.

— Assez grands tout de même pour ne plus se conduire comme des bébés !

Ce souci concernant la bonne éducation de ses neveux amusa Rose. Elle le trouvait même attendrissant. Elle fit un pas vers Alessandro pour le rassurer mais se ravisa. Mieux valait garder ses distances.

— Viens, je vais te montrer ta chambre.

Il la conduisit à travers une cour dallée de galets et ouvrit une porte en bois peinte en bleu.

— Voici ton chez-toi. La pièce n'est pas très grande mais tu disposes d'une salle de bains particulière et d'une petite terrasse.

— C'est royal ! coupa Rose, enchantée d'avoir renoncé au dortoir.

— Notre cuisine et notre pièce à vivre se trouvent par ici, ajouta Alessandro en désignant au-delà de la cour un patio abrité par une pergola débordante de bougainvillées. Installe-toi à ton aise, j'espère que tu te plairas ici.

Rose demeurait perplexe.

— Mais cette chambre ne fait pas partie de l'hôtel !

— C'est une chambre d'amis rattachée à l'hôtel.

— Pourtant...

*Cette pièce est très agréable. Je pourrai m'y reposer tranquillement après ma journée de travail, rédiger mes comptes rendus sans être dérangée... De quoi je me plains ?*

Elle s'interrompit.

Pourtant, elle serait plus proche d'Alessandro qu'il ne le lui avait laissé entendre. Ce serait difficile de l'éviter.

Alessandro avait remarqué le temps d'arrêt manifesté par Rose.

— Tu as peur de manquer d'intimité ?

*Certainement pas !*

Par rapport au logement qu'elle occupait chez Myra, ce serait du grand luxe.

— Pas du tout. Ta grand-mère est très sympathique, tes neveux aussi.

Enfin, elle osa poser la question qui lui brûlait les lèvres.

— D'autres personnes vivent chez toi ?

Il plissa les yeux avant de lui répondre, comme pour bien montrer qu'il avait compris le sous-entendu.

— Non. Je vis seul avec Yiayia et les jumeaux. Nos chambres se trouvent de l'autre côté de la cour, dans le bâtiment principal.

Rose respira plus librement. Alessandro n'avait pas de compagne. Ni d'enfants à lui. Il ne l'avait pas abandonnée pour une autre femme mais pour tenir le rôle de père auprès des jumeaux. Il n'était pas un coureur de jupons comme elle l'avait imaginé mais un homme au grand cœur parti au secours de sa famille.

— Alessandro, je te remercie. C'est très généreux de ta part de m'accueillir ainsi.

— Je le fais avec plaisir.

Son sourire ne démentit pas ses mots.

— Maintenant, je te propose de te rafraîchir un peu, et ensuite je t'invite à dîner.

Rose considéra son pantalon beige et sa chemise blanche, couverts de poussière.

— Ça ne sera pas du luxe !

# 6

En même temps que la poussière qui recouvrait son corps, Rose chassa la fatigue de sa journée de travail sous une longue douche tiède. Quelques instants plus tard, fraîche et dispose, elle enfilait une légère robe longue imprimée de motifs bleus et blancs qu'elle avait mise dans sa valise parce qu'elle rappelait les couleurs de la Grèce. Un sourire naquit sur ses lèvres à ce souvenir. Elle était bien loin alors d'imaginer que la première fois qu'elle la porterait serait à l'occasion d'un dîner avec son ancien amoureux.

Pourtant, corrigea-t-elle en pensée, il ne s'agissait pas d'une sortie romantique mais d'un repas d'affaires. Elle était venue à Paxos pour travailler. Quoi de plus normal que de rencontrer le propriétaire du terrain sur lequel elle effectuait des fouilles ?

En d'autres mots, il s'agissait d'un rendez-vous professionnel, rien de moins, rien de plus.

Elle brossa ses cheveux encore humides, réveilla ses lèvres d'une touche de rouge et, après avoir jeté un dernier coup d'œil dans le miroir, elle quitta sa chambre sans trop savoir où elle allait retrouver Alessandro.

Son hésitation fut de courte durée car très vite elle l'aperçut qui l'attendait sous la bougainvillée. La tête renversée en arrière, il regardait le ciel. Pas sa montre, ce qui aurait révélé une certaine impatience de sa part, mais le ciel et les étoiles qui y scintillaient.

En entendant la porte de Rose se fermer, il tourna la tête vers elle. Au moment où leurs regards se rencontrèrent, Rose sentit sa gorge se serrer. Elle aurait souhaité rester indifférente à la présence de son ex-amoureux mais, malheureusement, son corps avait des réactions qu'elle ne maîtrisait pas.

Avec son pantalon blanc et sa chemise bleue, lui aussi arborait les couleurs de son pays. Ses manches retroussées laissaient apparaître ses bras bronzés. Une paire de lunettes de soleil était glissée dans l'entrebâillement de sa chemise dont il avait laissé les premiers boutons ouverts. On aurait dit qu'ils s'étaient passé le mot pour porter des tenues assorties.

*Zut !* pensa Rose. *Voilà qui ressemble de plus en plus à un rendez-vous sentimental.*

Elle se rassura en se disant que leur rencontre ne serait sentimentale que si elle l'autorisait à l'embrasser à la fin de la soirée. Et cela n'arriverait pas, même si le souvenir des lèvres d'Alessandro sur les siennes lui donnait le vertige. Pas question de céder au chantage de ses sens. Elle se montrerait prudente. Dans le fond, qui était l'Alessandro qui se tenait devant elle : un ex-amoureux ou un homme d'affaires bien décidé à emporter la partie ?

Non, elle ne l'embrasserait pas. Donc, il s'agissait bien d'une rencontre professionnelle. Point final.

Il la conduisit vers une voiture décapotable et l'aida à prendre place sur le siège du passager.

— J'ai baissé le capot pour que nous profitions du soleil couchant, expliqua-t-il.

Rose ne trouva rien à redire à cela.

— Avant d'aller à Gaios où j'ai retenu une table pour notre repas, je vais te faire faire le tour de l'île.

— Le tour complet ?

Alessandro se mit à rire.

— Oui, et ce sera vite fait parce que Paxos est une toute petite île. Avec un peu de courage et de bonnes jambes, on peut aller pratiquement partout à pied !

Il prit le volant et conduisit Rose le long des falaises de la côte ouest, du côté où se couchait le soleil. Ils passèrent devant des plages désertes, traversèrent un petit village. Une fois qu'ils furent arrivés au bout de l'île, il désigna un point à l'horizon.

— Tu vois, par là-bas, c'est l'île de Corfou.

— Il paraît que c'est très beau.

— Tu n'y es jamais allée ?

— Non.

— Alors il faudra que je t'y amène.

Elle secoua la tête avec un sourire.

— Tu essaies de me distraire de mon travail ?

— Pas du tout. J'ai juste envie de te faire découvrir les beautés de la région. En plus, il paraît qu'Ulysse y a vécu quelque temps.

— Cette fois, tu te moques de moi !

Alessandro posa la main sur son cœur en un geste théâtral.

— Je n'oserais jamais, Rose ! D'ailleurs, en ce qui me concerne, tu connais mon opinion : il s'agit là d'une histoire inventée de toutes pièces.

— Vraiment ? Ce n'est pas très patriotique de ta part.

— Je fais tout de même une concession : bien que je sois persuadé qu'Ulysse n'a jamais existé, je reconnais que c'est un personnage très important pour les Grecs. Et en particulier pour les Ioniens. D'ailleurs, Corfou recèle quelques sites qui t'intéresseraient sûrement. Nous y avons un hôtel où je me rends assez régulièrement. La prochaine fois, je te proposerai de m'accompagner.

*Diable...*

Rose était bien déterminée à faire des découvertes sur son site de fouilles mais elle n'avait pas envie pour autant de laisser passer l'occasion de découvrir Corfou à propos de laquelle elle avait lu tant de choses.

— Nous verrons, répondit-elle, prudente.

Alessandro remit la voiture en marche. L'air du soir jouait avec les cheveux de Rose, passait sur sa peau en une caresse rafraîchissante bienvenue après la grosse chaleur de la journée. Cette soirée était tout simplement enchanteresse.

Après avoir roulé quelques kilomètres, il gara la voiture sur le rebord de la route et désigna l'océan au-dessus duquel le soleil avait commencé sa descente. Le ciel avait pris des teintes d'incendie, jaunes et orangées. Le spectacle était d'une beauté à couper le souffle.

— Tu vois, en contrebas se trouvent les grottes bleues et l'arche de Tripitos. Il faut l'approcher en bateau car on ne la voit que depuis la mer. Je t'y emmènerai si tu veux.

Rose se tourna vers lui, mi-amusée, mi-sérieuse.

— Tu ne travailles donc jamais ? Ou bien tu fais ton possible pour me tenir éloignée de mon chantier ?

— Ça fait partie de mon boulot de faire découvrir les beautés de mon île aux touristes qui y séjournent.

À ces mots, l'enthousiasme de Rose baissa d'un cran.

— Si je comprends bien, tu offres ce tour de l'île à tous tes clients ? demanda-t-elle, la bouche sèche tout à coup.

— Non. Seulement aux clients très spéciaux.

Rose ne savait plus que penser.

Ou bien Alessandro s'efforçait de la détourner de son travail, ou bien il avait envie de passer du temps avec elle. Malgré la fraîcheur de l'air, cette seconde possibilité fit frissonner l'archéologue en mission.

— Allez, cette fois, filons au restaurant, proposa Alessandro.

Rose regardait l'océan lorsque la voiture freina brutalement. Sa nuque heurta durement l'appuie-tête.

— Ouille...

Elle regarda devant eux. Une chèvre noire se tenait devant la voiture, bien campée sur ses quatre pattes. Alessandro klaxonna vigoureusement. Non seulement l'animal ne bougea pas mais Rose eut l'impression qu'il les narguait. Au nouveau coup de klaxon donné par Alessandro, la chèvre se mit à marcher en rond, puis s'allongea résolument au milieu de la route. Nouveau coup de klaxon. Nouveau coup d'œil indifférent du capriné.

— Tu veux une définition de la bêtise ? demanda Alessandro.

— Pourquoi pas ?

Il coupa le moteur.

— C'est de ne croire qu'en faisant la même chose on va obtenir un résultat différent.

Il descendit de la voiture, s'avança vers la chèvre et tenta de la persuader avec de grands gestes de libérer la voie. Tout cela accompagné de phrases en grec que Rose ne comprit pas mais qui signifiaient clairement : « Fiche le camp ! » Il poussa même du pied l'arrière-train de la bête qui n'en parut pas émue le moins du monde.

Rose descendit à son tour pour joindre ses efforts à ceux de son hôte.

— Va-t'en, vilaine chèvre ! Nous avons besoin de passer !

— Tu crois qu'elle comprend le français ? s'amusa Alessandro.

— On peut toujours l'espérer ! répondit Rose en répétant : « Va-t'en ! Allez, va-t'en ! »

Alessandro souriait d'un air moqueur.

— Tu vois, même les archéologues de haut niveau sont capables de bêtise quand ils se trouvent nez à nez avec une chèvre sauvage ! Tu auras beau répéter, cette barbichue ne bougera pas.

— Alors qu'est-ce qu'on fait ?

— D'habitude, un coup de klaxon suffit à les éloigner.

— Celle-ci paraît plus têtue que les autres.

Leurs regards se rencontrèrent, et ils éclatèrent de rire tous les deux.

— Bon. Eh bien nous allons attendre que mademoiselle veuille bien se déplacer de son plein gré.

— Pas de problème ! répondit Rose.

Et c'était vrai. Il n'y avait aucun autre endroit au monde où elle aurait préféré se trouver en ce moment. Elle était dans un lieu de toute beauté. Alessandro lui adressait un sourire qui lui mettait le cœur à l'envers. Que demander de plus ?

Par acquit de conscience, elle essaya elle aussi de faire bouger la chèvre en la poussant du bout de sa chaussure. Sans succès. Elle récolta seulement un bêlement agacé.

Puis, brusquement, une idée inquiétante lui vint à l'esprit.

— Et si elle était malade ? Nous devrions peut-être appeler un vétérinaire...

— Il n'y en a pas sur l'île.

— Tu plaisantes ?

— Pas du tout. L'été, avec l'afflux des touristes, on a l'impression que beaucoup de monde vit ici, mais en fait, l'hiver, il n'y a que deux mille habitants tout au plus. Nous dépendons de Corfou pour beaucoup de choses.

Voilà pourquoi l'hôtel qu'il voulait construire était si important. Pas seulement pour sa famille mais pour l'île elle-même car il retiendrait les estivants et créerait des emplois pour les locaux.

— Bon, trêve de plaisanterie, qu'est-ce qu'on fait ? demanda Rose.

Alessandro tapota le dos de la chèvre, tâta son museau. La chèvre cligna des yeux, sans doute parce qu'elle appréciait cette caresse inattendue.

— Tout de même, au cas où elle serait malade, mieux vaut que nous l'emmenions pour la faire examiner par quelqu'un qui s'y connaît un peu, proposa Alessandro. Il ne faudrait pas qu'elle contamine les autres.

— Il y a beaucoup de troupeaux sur l'île ?

— Oui. Et des chiens, des chats... Tu as dû en voir partout.

En effet, Rose avait remarqué que les chats paraissaient être les seigneurs de l'île, se prélassant au soleil dans les rues, ou allongés confortablement sur les filets des pêcheurs.

— Nous allons la porter dans le coffre et l'emmener.

— Sérieusement ?

— Oui. Tu as autre chose à proposer ?

— Heu... non.

— Alors, allons-y. J'ai une couverture dans la malle. Nous allons l'envelopper dedans pour éviter ses coups de pied et ses coups de corne.

*Une couverture ? Sans doute pour ses pique-niques romantiques en agréable compagnie.*

Rose secoua la tête pour chasser cette pensée qui la dérangeait. C'était idiot. Dans quelques semaines, elle rentrerait à Londres et oublierait son séjour à Paxos. Qu'est-ce que ça pouvait bien lui faire qu'Alessandro s'adonne à des pique-niques galants ?

La couverture à la main, il fit le tour de la chèvre afin de trouver le meilleur angle d'attaque. Son repérage effectué, il la lui jeta dessus d'un geste vif. La chèvre se trouva donc enveloppée et hors d'état de nuire. Il la prit à bras-le-corps mais, hélas, il n'avait pas fait deux pas en direction de la voiture qu'elle se dégagea d'un solide coup de sabot. Alessandro le reçut en pleine poitrine et se retrouva brutalement assis dans la poussière. Libre de ses mouvements, la chèvre partit gambader dans l'oliveraie voisine sans demander son reste.

Rose se précipita vers Alessandro.

— Ça va ? Tu as mal ?

Alessandro cherchait à reprendre son souffle. Rose lui passa un bras autour des épaules. Leurs visages étaient tout près l'un de l'autre.

— Réponds-moi, Alessandro !

Pupilles dilatées, il regardait Rose dans les yeux. Est-ce qu'il souffrait ? Ou bien est-ce que, comme elle en ce moment, il se demandait s'il devait rapprocher son visage pour que leurs lèvres se rencontrent ? Sa poitrine se souleva pour une grande inspiration. Il ferma les yeux.

— Ça va... J'ai juste eu le souffle coupé.

Rose se releva, déçue. Elle avait cru qu'il voulait l'embrasser alors qu'il reprenait simplement sa respiration.

Au bout d'un moment, il se redressa sur son séant en se frottant la poitrine et le bras.

— J'aurai sûrement quelques bleus demain.

Elle lui tendit la main pour l'aider à se relever. Après avoir hésité un instant, il l'accepta mais la relâcha dès qu'il fut debout. Il brossa son pantalon et rajusta sa chemise en riant de sa mésaventure pendant que Rose s'efforçait de croire que les fourmillements qui parcouraient sa main étaient seulement le résultat mécanique de l'effort qu'elle venait de fournir.

Le petit village de Gaios était construit autour d'une baie couleur d'émeraude. Rose y était arrivée par ferry quelques jours plus tôt mais, pressée de prendre le car pour Ninos, elle avait dû se contenter de jeter un coup d'œil rapide sur les maisons colorées qui longeaient le bord de l'eau et les bateaux de plaisance qui se balançaient mollement au gré des vagues.

Ravie d'y revenir sans être bousculée par un horaire de bus, elle commençait néanmoins à se demander sérieusement si Alessandro n'avait pas une idée derrière la tête. Bien sûr, elle serait ravie de découvrir le village et de dîner dans l'un des restaurants au bord de l'eau, mais il était hors de question qu'elle se laisse distraire de son travail.

Alessandro l'entraîna vers un restaurant du bord de mer que Rose n'aurait pas choisi d'elle-même car son allure moderne n'offrait pas le charme des tavernes traditionnelles.

— C'est ici que l'on mange les meilleurs fruits de mer de toute l'île, expliqua-t-il.

À voir ce que contenaient les assiettes des clients déjà installés et les bonnes odeurs qui provenaient de la cuisine, Rose n'eut pas de mal à le croire.

Ils prirent place à une table au bord de l'eau et, lorsque le serveur arriva, Alessandro commanda sans hésiter une bouteille de champagne.

— À moins que tu n'y voies un inconvénient ? demanda-t-il cependant à son invitée.

*Un inconvénient ? Certainement pas !*

Rose adorait le champagne. Elle fut touchée de voir qu'Alessandro s'en souvenait.

Le problème était que leur sortie ressemblait de plus en plus à une soirée en amoureux.

Elle jeta un coup d'œil autour d'elle, profondément dépaysée. Sa vie à Londres lui paraissait à des années-lumière et le site de fouilles lui-même semblait appartenir à un autre monde. Mis à part l'épisode de la chèvre, Alessandro avait organisé une soirée idyllique.

— Ton bras te fait mal ?

Il le massa un instant.

— Je crois que je survivrai.

— Tu m'en vois ravie !

Malgré elle, elle lui adressa un sourire chaleureux, venu tout droit du cœur. Alessandro lui répondit de la même manière et, afin d'échapper à l'ensorcellement qui menaçait de prendre possession d'elle, Rose attrapa le menu qu'elle consulta avec la plus grande attention.

— Tu viens ici souvent ?

— Quelquefois. Je sais que leurs calamars sont un délice. Ça te tente ?

— Et comment !

Le serveur revint allumer des bougies et leur servir le champagne. Tout en le savourant, Rose sentait remonter en elle le souvenir des moments délicieux qu'ils avaient passés ensemble à Athènes. Ce n'était pas une bonne idée du tout. Elle s'efforça donc de les repousser en contemplant le petit port.

Alessandro la surprit en lui posant une question qu'elle n'attendait pas.

— Rose, pourquoi te passionnes-tu autant pour la recherche du passé ?

Elle se l'était demandé de temps à autre. Son amour de l'histoire ancienne l'avait presque naturellement amenée à l'archéologie. Pourtant, l'interrogation de son compagnon la ramenait à un moment bien précis de sa vie passée. À Athènes, elle lui avait rapidement parlé de l'abandon de son père quand elle avait sept ans, mais jamais elle ne lui avait confié le sentiment de rejet qui la rongeait depuis cette époque. Cette certitude ancrée en elle qu'elle n'était pas digne d'amour.

Une fois adulte, elle s'était efforcée d'analyser la conduite de son père. Elle avait accepté l'idée que parfois l'amour cesse d'exister entre deux personnes. Qu'il arrive aux gens de tromper celle ou celui qu'ils aiment. Que beaucoup redoutent de mettre fin à une relation qui ne les satisfait plus. Et que d'autres, comme son père, trouvent plus facile de rompre et de commencer une nouvelle vie sans regarder en arrière.

Mais le fait que son père l'ait exclue de sa vie aussi radicalement était demeuré un mystère. La seule raison qu'elle avait trouvée était qu'à ses yeux elle n'était pas suffisamment précieuse pour qu'il lui garde une place dans son cœur.

Elle prit une nouvelle gorgée de champagne avant de répondre.

— J'ai envie de comprendre comment nous en sommes arrivés où nous sommes. C'est quelque chose qui t'intéressait toi aussi autrefois, il me semble ?

Le sourire disparut du visage d'Alessandro.

— Peut-être… Je ne sais plus. En tout cas je ne peux plus m'abandonner à ce luxe. C'est au futur que je dois m'intéresser.

Rose trouva cette réponse un peu condescendante.

— Dis donc, tu cherches à me blesser ?

— Pas du tout !

— Il m'a semblé que tu voulais suggérer que je n'ai pas

grandi, que j'en suis restée à mes rêves d'adolescente. Bref, que je n'ai pas de responsabilités dans la vie.

— Qu'est-ce que tu...

— Laisse-moi terminer ! D'accord, je n'ai pas de famille, mais des responsabilités, j'en ai largement ma part. D'abord envers mes collègues. Ensuite, envers ma profession.

— Excuse-moi. Il m'a toujours semblé que tu ne voulais pas te sentir liée.

— C'est vrai. En tout cas, liée par les choses habituelles, comme une hypothèque, un animal de compagnie...

— Un amoureux ?

Rose frissonna. Il avait osé poser la question ! Leur conversation prenait un tour dangereux.

— J'estime qu'une bonne relation ne doit pas ligoter les partenaires ni les empêcher de mener la vie qu'ils souhaitent.

Alessandro la regarda dans les yeux.

— Tu as trouvé ce partenaire idéal ?

La question n'était pas posée sur un ton agressif. Au contraire, la voix d'Alessandro était douce, presque hésitante. À la fin de la phrase, sa voix se brisa. Et en même temps se brisa aussi la résolution que s'était faite Rose de garder sa vie personnelle, ou plutôt son absence de vie personnelle, à l'écart de leur relation.

— Pas encore.

Elle aurait même pu ajouter que, depuis leur liaison à Athènes, toutes ses histoires d'amour avaient été de courte durée. Ce qui était bien normal puisqu'elle les avait toujours nouées en prévenant son partenaire qu'elle pouvait d'un moment à l'autre partir sur un nouveau chantier. Mais avouer cela l'aurait mise mal à l'aise, aussi préféra-t-elle lui retourner la question.

— Et toi ? Il y a quelqu'un dans ta vie ?

— Non. Les jumeaux ont déjà assez souffert avec la perte de leurs parents. Je n'ai jamais voulu introduire une femme dans notre maison.

Rose faillit s'étrangler de surprise.

— Tu veux dire que tu es resté célibataire depuis notre rupture ?

Le regard qu'Alessandro posa sur elle la fit frémir.

— Célibataire n'est pas le mot tout à fait exact. Mais je veux dire que je n'ai jamais entretenu de relation sérieuse.

Autrement dit, il n'avait plus été amoureux depuis leur liaison passionnée à Athènes ? Non, ce n'est pas exactement ce qu'il venait de dire. Seulement qu'il n'avait pas eu de relation de longue durée.

Rose était à la fois surprise et soulagée. Ses idées se brouillaient dans sa tête et ses émotions dans son cœur. En même temps, elle était heureuse qu'il n'ait jamais aimé quelqu'un d'autre après elle.

Ce qui n'était pas tout à fait vrai puisque sa nièce et son neveu étaient devenus la priorité dans sa vie. Il l'avait quittée pour eux. Ils demeureraient sa priorité dans l'avenir. Apparemment, il n'avait pas l'intention de se lier à aucune femme que ce soit, y compris elle-même.

Comme le serveur apportait leur repas sur ces entrefaites, elle n'eut pas davantage le loisir de s'étendre sur cette pensée contrariante. Tous deux s'appliquèrent à savourer les tendres calamars frits et la délicieuse moussaka.

Leurs assiettes une fois vides, elle leva le visage vers Alessandro.

— Dis-moi, Alessandro, si j'en crois Internet...

— Internet ? coupa ce dernier sur un ton moqueur. Le grand oracle des temps modernes ?

— Je disais donc que, si j'en crois Internet, ta chaîne

d'hôtel marche super bien. Elle doit te rapporter beaucoup d'argent. Pourquoi n'achèterais-tu pas un autre terrain pour ta nouvelle construction ?

Alessandro se mit à rire.

— Ça n'est pas facile de trouver un terrain adéquat ! Regarde celui où se trouve mon hôtel. Il est édifié au sommet de la colline, juste au-dessus de l'océan, et l'autre côté de la colline est déjà construit. Mon père et mon frère ont mis des années avant de pouvoir acheter l'emplacement où tu fouilles en ce moment. Leur rêve a toujours été d'agrandir le premier Aster Hôtel.

Alessandro avait hérité d'eux ce même désir. La situation était compliquée. Et triste. Les vestiges antiques auxquels Rose consacrait sa vie, parce qu'à ses yeux ils avaient une valeur inestimable, étaient pour lui une contrariété majeure car ils contrecarraient un projet familial.

En tant qu'archéologue, elle ne voyait pas les choses comme le commun des mortels mais, bien évidemment, les gens qui vivaient et respiraient en ce moment autour d'elle avaient aussi leur importance.

— Tu comprends, reprit Alessandro, construire à Paxos revient très cher parce que tous les matériaux doivent être apportés sur l'île par bateau. Et j'ajoute que je ne suis pas le seul propriétaire de la chaîne. Je n'en possède qu'un tiers, les deux autres appartiennent à Ana et Lucas. Je m'en occupe à leur place en attendant qu'ils soient capables de le faire eux-mêmes.

— Tu veux dire que, si tu renonçais à la construction que tu projettes, tu priverais tes neveux de l'héritage qui leur revient ?

— Ce n'est pas seulement une question d'argent. Il s'agit d'un héritage sentimental que je dois leur transmettre selon le vœu de Théo et celui de mon père. C'est aussi une dette que j'ai envers le village. Envers l'île tout entière.

— Quelle dette ? Je ne comprends pas.

— À la mort de mon frère, tout le village s'est serré les coudes pour me soutenir. Jamais à moi tout seul je n'aurais réussi à faire d'Ana et Lucas des jeunes gens aussi heureux de vivre. Je dois énormément aux habitants de Ninos et de toute l'île de Paxos.

— Mais, puisque tu as de l'argent, tu peux acheter un terrain ailleurs qu'à Ninos.

— Oui, mais ce ne serait plus dans notre village. L'extension que je prévois doit se faire ici parce qu'elle est importante pour tout le monde.

Alessandro reposa sa fourchette et se mit à considérer la mer sur laquelle se reflétaient les lumières du restaurant.

— C'est un engagement moral que j'ai envers ma famille.

*Ma famille...*

Une fois de plus, ce mot ramena Rose à ses souvenirs d'enfance.

Elle se rappelait avoir trouvé un jour l'adresse de son père dans le tiroir de la table de chevet de sa mère. Elle avait une douzaine d'années à ce moment-là, elle était assez grande pour prendre le bus toute seule. C'est ce qu'elle avait fait avec l'idée d'aller sonner à la porte de son père, sans trop savoir ce qu'elle allait lui dire.

Le quartier où il vivait désormais était soigné et calme. La maison beaucoup plus grande que le petit bungalow qu'elle partageait avec sa mère. Avant même d'être arrivée dans l'allée qui y conduisait, elle avait aperçu sa nouvelle famille. Deux garçons, de cinq ou six ans à peu près. Et sa nouvelle épouse. Une belle femme brune, élégamment vêtue, qui avait fait monter les deux enfants dans une voiture rutilante.

Rose était partie en courant jusqu'au coin de la rue. Là, elle avait vomi de désespoir, sous le regard réprobateur des passants.

D'un haussement d'épaules, elle chassa ce souvenir éprouvant.

— Ce n'est pas suffisant d'avoir élevé Ana et Lucas ?

Le visage d'Alessandro se crispa.

— Jamais je ne négligerai mes devoirs envers eux, envers mon père et mon frère.

Voilà qui paraissait tout à fait honorable mais qui ne ressemblait guère à l'Alessandro qu'elle avait connu à Athènes, celui qui ne lui avait jamais parlé de sa famille.

— J'ai du mal à comprendre pareil dévouement.

— Je vais t'expliquer. Un jour, j'avais dix ans à l'époque, nous étions en famille sur la plage de Ninos. J'ai voulu voir jusqu'où je pouvais nager. Je me suis donc mis à l'eau et j'ai nagé jusqu'à épuisement. Je n'avais plus assez de force pour regagner la plage que j'apercevais à peine.

— Quelle histoire ! Comment tu as fait pour t'en sortir ?

— C'est Théo qui est venu me tirer de là. Il m'a remorqué jusqu'au rivage où je suis arrivé à moitié conscient. Mon père était furieux.

— Il devait être fou d'inquiétude !

— Je ne sais pas. En revanche, je me souviens qu'il m'a passé un sacré savon. Il me reprochait d'avoir mis la vie de Théo en danger, d'être irresponsable, de manquer de bon sens.

— C'était dur de sa part.

Alessandro haussa les épaules.

— Il n'avait pas tort. Je n'ai jamais été aussi responsable que Théo. Aussi intelligent, aussi entreprenant. Bref, jamais assez bien.

— Mais tu étais bien plus jeune ! De cinq ans, je crois ?

— Huit ans. Mais ça n'avait pas d'importance, Théo était meilleur en tout.

Rose garda le silence un moment tant elle trouvait injuste qu'un père favorise à ce point un de ses enfants par rapport à l'autre.

*C'est pourtant bien aussi ce qu'a fait ton propre père ?*

Elle jouait avec le pied de son verre.

— Autrement dit, tu estimes avoir une dette envers Théo. C'est pour cela que tu tiens tant à construire cet hôtel ? Parce qu'il t'a sauvé la vie ?

— Oui, mais pas seulement. Je lui dois encore beaucoup de choses. Après la mort de mon père, c'est lui qui s'est occupé de moi, c'est lui qui a financé mes études. Il est ma famille.

Rose hocha la tête, désolée de comprendre qu'Alessandro vivait depuis si longtemps avec cette culpabilité qui lui rongeait le cœur. Ce n'était pas surprenant que son projet ait tellement d'importance à ses yeux.

Elle lui adressa un sourire compatissant.

— Allons, attendons la suite. Le site ne présente peut-être aucun intérêt.

Pourtant, tout en prononçant ces mots pour apaiser l'émotion d'Alessandro, Rose espérait le contraire.

Il se mit à rire.

— Alors, arrête les fouilles !

— Non, tu sais bien que ce n'est pas possible.

Le visage d'Alessandro se fit sérieux.

— Oui, je sais. Hélas.

Sur le chemin du retour, ils demeurèrent silencieux. Alessandro se borna à signaler de temps à autre un point de vue intéressant. Lorsqu'ils arrivèrent à l'hôtel, il faisait nuit noire.

Pendant qu'il l'accompagnait jusqu'à sa chambre, Rose se demandait avec appréhension comment se terminerait leur soirée. S'il manifestait le désir de l'embrasser, il ne s'agirait plus d'un dîner d'affaires mais bel et bien d'une sortie en amoureux. Comment réagirait-elle ? Elle ne le savait que trop !

Déjà, ses lèvres brûlaient du baiser qu'ils n'avaient pas encore partagé. Allait-elle une nouvelle fois tomber amoureuse de lui ? La faiblesse qui s'emparait de son corps l'affola.

Elle rejeta la tête en arrière.

*Non. Non et non !*

— Merci beaucoup, Alessandro, pour cette belle soirée.

— Tout le plaisir était pour moi.

— Malgré la chèvre ?

— Malgré la chèvre !

— Au fait, comment va ton bras ?

Il le frotta en faisant une petite grimace.

— Ça va aller. En fait, cet épisode me rappelle notre premier baiser. Tu t'en souviens ?

La question laissa Rose sans voix. Si elle se souvenait ? Bien sûr ! Comment oublier un baiser aussi doux, aussi tendre, aussi attentionné ?

Elle ne put faire mieux que hocher la tête. C'était un soir d'été, fort semblable à celui-ci.

— Tu portais une robe bleue, rappela Alessandro. Comme ce soir.

Cela, elle l'avait oublié.

— Et toi, un T-shirt noir. Et tes cheveux étaient...

Alessandro passa les doigts dans ses cheveux bien coiffés pour les ébouriffer.

— Un peu moins sages, c'est ça ?

— J'aime bien ta nouvelle coupe.

— C'est vrai ?

L'espoir qui perçait dans la voix d'Alessandro bouleversa Rose.

*Attention, danger !*

— Nous avions passé une partie de la nuit à nous promener dans le quartier de Plaka.

— Et à parler sans nous arrêter.

Oui, ils avaient parlé, marché, ri, en explorant pendant des heures les petites rues de cette partie de la ville. Il l'avait ramenée à son dortoir au petit matin. Et même là, paralysé de timidité, il avait attendu un long moment avant de lui prendre la main.

Pourquoi avaient-ils mis tant de temps avant d'en arriver à ce geste si simple ? Elle avait compris depuis longtemps déjà qu'il était l'homme avec lequel elle aimerait passer le reste de sa vie.

Leur histoire d'amour allait-elle recommencer ?

Malgré sa mise en garde, elle leva le visage vers lui, prête à être attirée dans ses bras. Mais le regard qu'Alessandro lui adressa ne répondit pas au sien. Il était distant, presque froid.

— Bonsoir, Rose.

Et ce fut tout.

Elle s'attendait à éprouver du soulagement, elle ne ressentit que de la déception. Pourquoi avait-il évoqué leur premier baiser si c'était pour en rester là ? Était-ce inconscience de sa part ou cruauté ?

# 7

À la suite de cette soirée, Alessandro et Rose demeurèrent quelques jours sans se voir. Alessandro s'était rendu à Corfou pour des rendez-vous d'affaires et, de là, en Crète pour voir si la ferme que sa famille possédait là-bas était bien entretenue.

Une fois de retour à Paxos, après avoir embrassé sa grand-mère, il se hâta de descendre vers le chantier de fouilles. Le travail avait avancé, des tranchées supplémentaires avaient été creusées. C'était le milieu de la journée, le moment où la chaleur est la plus forte. La majorité de l'équipe était assise à l'ombre d'un gros olivier où elle se rafraîchissait en s'éventant et en buvant de l'eau.

Une bâche avait été tendue entre l'olivier et une poutre plantée dans le sol au milieu de la parcelle fouillée pour offrir à ceux qui travaillaient une protection contre le soleil. Très vite, Alessandro repéra Rose et son chapeau en coton blanc. Elle grattait le sol avec application, concentrée, déterminée.

Visiblement, elle ne pensait à rien d'autre.

Malgré sa contrariété, il devait la laisser poursuivre son rêve, la laisser chercher ce qui n'existait pas. Elle ne s'arrêterait que lorsqu'elle aurait la certitude de ne rien découvrir là-dessous. Cette obstination, cette foi en sa mission avait quelque chose d'admirable. Hélas, c'était chez lui, sur son terrain, à l'encontre des projets de sa famille, qu'elle était venue l'exercer.

Ses mouvements précautionneux l'hypnotisaient. Il aurait pu rester des heures à la regarder. Il l'avait fait d'ailleurs, autrefois, quand elle lisait à Athènes, dans un jardin public, ou quand elle dormait encore le matin, alors qu'il était déjà réveillé.

Aujourd'hui, il ressentait la même fascination.

Le bruit du moteur d'un camion la fit se relever mais son attention fut attirée par Alessandro arrivé en bas de la colline. Elle le regarda un instant mais ne lui adressa pas le signe de la main qu'il attendait. Il en déduisit que, s'il rentrait chez lui sans s'avancer jusqu'à elle, elle en conclurait qu'il était venu seulement dans le but de vérifier l'avancement des travaux. Passer une inspection, en somme. Malgré sa fatigue, il descendit le long de la colline.

— Salut, Alessandro. Il y a longtemps que tu es de retour ?

— Non, je viens juste de rentrer.

Les chercheurs rassemblés sous l'olivier s'étaient tus. Depuis le début, ils étaient au courant du contentieux qui les opposait. Silencieux, ils les observaient.

— Tu viens voir si le travail a avancé ?

— Je viens surtout pour prendre de tes nouvelles.

— Je vais bien. Pour l'instant, rien de nouveau sur le chantier. Nous n'avons rien trouvé. « Ni or ni même bronze ».

Un sourire se dessina sur le beau visage bronzé d'Alessandro. Le ton que Rose avait employé lui avait permis de comprendre qu'il s'agissait là d'une plaisanterie devenue habituelle chez ses collègues.

Pendant qu'ils parlaient, le camion arrivé quelques instants plus tôt commença à manœuvrer pour se positionner sur le terrain. Rose comprit alors qu'il s'apprêtait à vider son chargement.

— Est-ce que tu sais ce que vient faire ce camion ici ? demanda Rose, surprise et vaguement inquiète.

*Le chargement d'acier...*

Alessandro avait complètement oublié que la livraison devait avoir lieu ce jour-là.

— Je ne sais pas trop...

En fait, il se rappelait maintenant très bien avoir décidé lui-même de la date de la remise du matériel.

— Ça m'a tout l'air d'une livraison importante, remarqua Rose.

Elle n'avait pas la moindre certitude au sujet de ses trouvailles éventuelles, mais déverser sous ses yeux du matériel destiné à la nouvelle construction lui paraissait abusif.

— Oui, reconnut Alessandro. C'est du matériel que j'ai commandé il y a longtemps pour la construction.

Il se mit à espérer que cet épisode permettrait à Rose de comprendre à quel point tout avait été organisé et programmé avant sa venue. À quel point elle interférait avec ses projets. Peut-être allait-elle infléchir sa ligne de conduite ?

Il tenta une nouvelle fois de la persuader.

— Tu sais, il y a bien d'autres îles voisines où tu pourrais trouver ce que tu cherches plus sûrement qu'ici.

Rose secoua la tête.

— Alessandro, je connais mon métier. Toutes les recherches que j'ai faites me conduisent à penser qu'Ulysse et bien passé par ici quand il a quitté Ithaque.

— Paxos n'est pas la seule possibilité. As-tu envisagé de fouiller à Antipaxos ? À Kefallinia ? Je connais bien les environs. En particulier un lieu qui n'a jamais été exploré. Je t'y amènerai si tu veux.

Alessandro faisait allusion à l'île qu'il considérait comme la sienne, celle qu'il avait longuement parcourue avec son frère quand ils étaient gamins : Erimitirio.

Rose le considéra d'un air ironique.

— Tu veux me faire perdre une journée, c'est ça ?

— Non. J'aimerais te donner toutes les chances de trouver quelque chose d'intéressant qui ne contrarierait pas mon projet personnel.

Passer une journée entière avec Rose, loin des fouilles, serait bien agréable aussi mais, cela, il ne l'ajouta pas.

— Non, Alessandro, c'est impossible.

— Alors, pourquoi pas dimanche ?

— Je ne peux pas davantage.

— Vous travaillez aussi le dimanche ?

Elle jeta un coup d'œil rapide vers l'olivier sous lequel se reposait son équipe.

— Oui.

Alessandro ne se laissa pas impressionner. Il se tourna vers les autres travailleurs et leur demanda à haute et intelligible voix :

— Est-ce qu'il y a parmi vous des gens qui travaillent dimanche ?

— Non ! répondirent-ils en chœur.

— Tu vois, reprit-il, tu serais toute seule sur le chantier.

— Et alors ? Il faut que quelqu'un reste pour le surveiller.

— Si vous n'avez rien trouvé, c'est inutile, non ?

Le visage de Rose se ferma. Il avait frappé juste. Si elle avait fait la moindre découverte, elle aurait rayonné et n'aurait pas attendu pour le lui annoncer fièrement.

— Écoute, reprit Alessandro, s'il y a vraiment quelque chose à découvrir ici, toi et ton équipe finirez un jour ou l'autre par mettre la main dessus. En revanche, tu es peut-être en train de te gâcher la possibilité de trouver quelque chose d'intéressant ailleurs.

Elle hocha la tête. L'argument avait l'air d'ébranler ses certitudes.

Alessandro le comprit et en profita pour insister.

— Je t'assure qu'il s'agit d'un îlot tout à fait particulier. On y a trouvé des vestiges vénitiens mais aussi des objets beaucoup plus anciens. Tu devrais venir voir.

— Si je prenais juste le ferry ?

— À mon tour de te dire que c'est impossible. Il n'y en a pas parce que personne ne vit sur cette île. Si jamais un trésor y est caché, il y est enfoui depuis des millénaires et jamais personne ne s'en est soucié.

Les yeux de Rose se mirent à briller.

Bingo ! Il avait réussi à retenir son intérêt.

— Bon… alors, pourquoi pas ? On y va dimanche ?

Tout content d'avoir gagné la partie, Alessandro sourit. Il était sincère en affirmant que cette petite île était tout à fait spéciale. Elle l'était effectivement pour lui. C'est là que son père lui avait appris à manœuvrer un voilier, c'est là qu'il avait fait d'innombrables expéditions avec Théo. Quelque temps après avoir fait la connaissance de Rose, il avait déjà imaginé la conduire là-bas. Ils y auraient campé, passé une soirée romantique, fait l'amour sur la plage.

Mais, comme il regagnait l'hôtel, il se dit que cette excursion ne prendrait pas ce tour-là. Il n'en était pas question. Il la lui avait proposée non pas pour faire partager avec elle les meilleurs souvenirs de son enfance mais pour lui montrer les restes d'une citadelle vénitienne et d'un port romain en espérant que cela la détournerait de Paxos. Il s'agirait d'une excursion professionnelle. Voilà tout. Rien de plus.

Ils évoluaient désormais sur des chemins qui ne se

recoupaient pas. Rose avançait dans sa carrière et lui dans son devoir familial. Pas plus qu'autrefois un futur commun n'était envisageable.

En quittant le site ce soir-là, Rose passa devant la montagne de barres d'acier que le camion avait déversée dans l'après-midi. Alessandro avait fait mine de ne pas lui accorder d'importance mais, à coup sûr, il savait exactement combien il y en avait et où elles devaient prendre place.

Elle détourna le regard. Peu lui importait. Elle sentait qu'elle approchait du but. Au fur et à mesure qu'elle creusait, le sol devenait de plus en plus dur, de plus en plus vieux. Bientôt, Alessandro serait bien obligé de comprendre qu'il ne lui restait plus qu'une chose à faire : renvoyer toute cette ferraille d'où elle venait. Et, pourquoi pas, au diable !

Au moment où Rose pénétra dans la petite cour, Ana l'aperçut et bondit à sa rencontre. Visiblement, elle l'attendait. Et ce n'était pas la première fois. La jeune fille avait pris cette habitude car elle aimait passer un moment à parler avec Rose. Au début, elle posait des questions sur le travail qui se faisait sur le site. Puis, de fil en aiguille, après que Rose lui avait demandé quelles étaient ses matières préférées à l'école, leurs entretiens avaient pris des allures de conseil d'orientation. Ana était intelligente et s'intéressait à tout. C'était une excellente élève.

— Bonsoir, Rose. Tu vas bien ?

— Très bien, et toi ?

— Super ! Je suis chargée de t'inviter à dîner avec nous, ajouta la jeune fille avec un grand sourire.

— Oh ! je ne veux pas vous déranger.

Mais, devant la mine enthousiaste d'Ana, Rose estima que ce serait dommage de la décevoir, d'autant plus qu'elle n'avait rien de prévu pour la soirée. Son dos lui faisait mal. C'était la rançon de ses longues stations à quatre pattes dans la poussière. Ne pas avoir à marcher jusqu'au village pour manger dans une taverne serait bien agréable.

— Tu ne nous déranges pas du tout. Yiayia a bien insisté pour que tu viennes lui tenir compagnie parce qu'oncle Ali ne dîne pas avec nous ce soir.

Rose fut un peu déçue par cette nouvelle mais en même temps soulagée. Elle ne souhaitait pas passer plus de temps que nécessaire avec Alessandro car, parfois, l'envie de le toucher, de respirer son odeur, mettait en danger le besoin de protéger son cœur.

— Eh bien, Ana, va dire à Yiayia que j'accepte son invitation avec grand plaisir. Merci beaucoup !

— Génial, s'écria Ana, je cours le lui dire.

Elle avait été piégée.

Et bien piégée, car un quart d'heure plus tard, lorsqu'elle poussa la porte de la maison familiale, la première personne que Rose aperçut, occupée à sortir un plat brûlant du four, fut Alessandro.

— Ali est rentré ! proclama Ana sans réussir pour autant à convaincre Rose ni Alessandro qu'elle ne leur avait pas joué un tour.

— Bonne nouvelle, déclara Rose, aussi aimablement qu'elle le put.

Alessandro, quant à lui, arborait un sourire étincelant.

Ils s'installèrent dans la cour autour d'une table placée sous le treillis formé par la bougainvillée. Des petites ampoules colorées avaient été accrochées à ses branches, ce qui lui donnait un air de fête. Si Alessandro ne s'était pas trouvé là, plus séduisant que jamais, Rose aurait profité d'une bonne soirée de détente. Hélas, chaque fois qu'elle se retrouvait en sa présence, elle était malheureuse. Soit parce qu'elle se rappelait qu'il ne souhaitait pas que ses fouilles soient couronnées de succès, soit parce que les moments heureux qu'ils avaient connus ensemble autrefois à Athènes remontaient à sa mémoire.

Afin de rompre le silence qui menaçait de devenir pesant, Ana s'adressa directement à Rose.

— S'il te plaît, raconte-moi où en sont les fouilles.

Rose jeta un coup d'œil gêné en direction d'Alessandro. Ce n'était pas le sujet de conversation le plus facile à aborder devant lui.

Ce regard n'échappa pas à Ana qui n'en tint aucun compte.

— Tu penses vraiment que tu vas trouver quelque chose ?

Puis, sur un ton enjôleur :

— Allez, dis-moi ce que tu espères découvrir dans ton rêve le plus fou.

Rose mastiquait lentement sa feuille de vigne farcie au riz.

— Réponds-lui, conseilla Alessandro qui avait deviné la réticence de Rose à parler.

Elle accepta de saisir la perche qu'il lui tendait ainsi.

— Dans mes rêves les plus fous ? Eh bien, Ana, j'espère mettre à jour un palais. Ou peut-être un temple. En tout cas, quelque ruine qui remonte à l'âge du bronze.

— Voyons, réfléchit l'adolescente, l'âge du bronze, c'est avant la période classique, non ?

Interrogé du regard, son frère lui jeta un regard vexé.

— Dis donc, je ne suis pas complètement ignare !

— Tu espères trouver un nouveau Pompéi ? insista Ana.

— Non, il ne faut pas rêver. Découvrir une ville aussi bien préservée ici est impossible. Nous sommes trop loin d'un volcan pour qu'une éruption ait pu permettre une telle conservation.

— Tu as l'air de le regretter, remarqua Lucas entre deux bouchées.

— Non, parce que c'est une bonne chose pour les Ioniens de ne pas avoir été engloutis sous la lave, mais c'est vrai que nous n'avons aucune chance de découvrir un site aussi bien conservé qu'à Pompéi. Cela dit, ce n'est pas pour autant que nous ne trouverons rien d'intéressant.

Ana continua à poser quantité de questions auxquelles Rose répondit avec toute la patience du monde.

Alessandro paraissait contrarié de cet échange, et Lucas, pourtant moins passionné que sa sœur, écoutait lui aussi avec intérêt.

Une fois le repas terminé et Ana satisfaite de ce qu'elle avait appris, Rose se leva pour regagner sa chambre lorsque la jeune fille la retint.

— C'est mon anniversaire, samedi !

— Le mien aussi, grogna Lucas.

— Pas possible ! répliqua Ana sur un ton moqueur. J'avais complètement oublié.

Alessandro se demandait si une dispute allait éclater entre le frère et la sœur mais il n'en fut rien.

— Je t'invite à ma fête d'anniversaire, reprit Ana.

— Et à la mienne aussi, corrigea Lucas.

— Tu oublies que c'est moi qui l'organise ? précisa Ana, déjà montée sur ses ergots.

— Je m'en fiche ! C'est quand même ma fête d'anniversaire aussi.

— Tu peux me dire ce que tu fais pour la préparer ?

Alessandro s'interposa entre les deux petits coqs prêts à se voler dans les plumes.

— Rose, ne te sens pas obligée d'accepter.

Rose ramena machinalement ses cheveux en arrière. Devait-elle comprendre qu'il ne souhaitait pas sa présence ?

— Tu sais, reprit Ana, il n'y aura pas que des enfants ! Il y aura aussi plein de vieux de Ninos.

Yiayia éclata de rire tandis qu'Alessandro levait les yeux au ciel.

— Je ne veux pas dire que tu es vieille, corrigea Ana, juste qu'il y aura plein de gens du village. Ce sera sympa pour toi de les rencontrer.

Était-ce pour le plaisir de contrarier Alessandro ou tout simplement parce qu'Ana était si enthousiaste ? Rose accepta sans se faire prier davantage.

— Je viendrai avec plaisir et, en attendant, grand merci pour ce délicieux repas, déclara-t-elle en repoussant sa chaise.

— Je te raccompagne, proposa Alessandro.

Rose s'apprêtait à lui dire que ce n'était pas nécessaire mais, comme les trois autres l'observaient, elle préféra ne pas contrarier son hôte. C'est donc ensemble qu'ils quittèrent la cour.

— Je te jure que ce n'est pas moi qui ai voulu te piéger pour ce dîner, expliqua-t-il une fois qu'ils se retrouvèrent en tête à tête.

— J'en suis persuadée, déclara Rose. C'est tout à fait le genre de farce que l'on prépare quand on a quinze ans.

— Je suis désolé.

— Inutile ! C'est moi qui suis désolée qu'Ana ait accaparé la conversation pour me faire parler de mon travail. J'étais vraiment ennuyée car je sais bien que ce sujet ne fait pas partie de tes thèmes préférés.

Ils étaient maintenant arrivés devant la porte de Rose, prêts à se souhaiter bonne nuit. Plus que jamais, Rose regrettait qu'il l'ait accompagnée. Qu'allait-il se passer maintenant ? Allait-il la prendre dans ses bras ?

— Ne te sens pas obligée de venir à l'anniversaire d'Ana, déclara simplement Alessandro. Je peux facilement te trouver une excuse si tu le souhaites.

Et voilà, c'était pour lui dire ça qu'il avait tenu à la raccompagner ! Quelle déception !

— Tu préfères que je n'y aille pas ?

— Non, je veux seulement te mettre à l'aise si tu n'as pas envie de venir.

— Mais j'ai envie d'y aller ! J'aime bien Ana. Lucas aussi d'ailleurs. Et ta grand-mère est adorable avec moi.

Alessandro afficha un demi-sourire.

— Ils t'aiment bien aussi.

Il fit un pas en avant. Comme attiré par un aimant, le corps de Rose se pencha vers lui. Sans un mot, ils se regardaient dans les yeux. Un pas de plus et ils seraient dans les bras l'un de l'autre.

La voix grave d'Alessandro mit fin à ce moment enchanté.

— Pardonne-moi, Rose. Ce n'est pas une bonne idée.

Rose sentit son cœur se serrer. Il ne voulait pas d'elle.

*Explique-moi pourquoi ! Les jumeaux ne sont plus des bébés. Ils vont bientôt quitter l'île pour poursuivre leurs études à Athènes. Tu as bien le droit de vivre ta vie, toi aussi.*

Voilà ce qu'elle avait envie de lui dire. Elle n'en fit rien. Car elle savait très bien où se trouvait le problème. C'était elle. Elle seule. Comme son père autrefois, Alessandro ne la trouvait pas assez intéressante pour la garder près de lui.

Rose ne rechignait jamais à travailler sept jours sur sept quand on lui imposait une date butoir. Actuellement, elle mettait les bouchées doubles en se demandant si Alessandro était sérieux à propos de la trêve de six semaines qu'il lui avait accordée. Si jamais d'ici là elle découvrait quelque chose digne d'intérêt, il y avait toutes les chances pour que les chercheurs d'Athènes la soutiennent et lui demandent de poursuivre son travail. Elle n'avait donc pas de temps à perdre.

Ce qui la contrariait en revanche, c'était le courriel qui était arrivé le matin même dans sa boîte, lui signalant que les subventions qu'elle recevait s'arrêteraient à la fin du mois. Elle n'était pas inquiète pour elle-même car elle avait suffisamment d'argent de côté pour rester plus longtemps sur le chantier si elle estimait que cela valait la peine, mais il en allait différemment pour ses collègues. Malgré le sérieux avec lequel ils travaillaient, ils n'étaient pas suffisamment impliqués pour continuer bénévolement.

La preuve en était que ce samedi après-midi, à 16 heures, tous, à part Gabriel et elle-même, avaient quitté le chantier pour se retrouver à la taverne autour d'une bouteille de résiné. Eux deux en revanche étaient plus passionnés que jamais car les sondages dans le sol révélaient la présence de quelque chose. Ils allaient rapidement savoir s'il s'agissait d'une trouvaille intéressante ou pas. C'est alors qu'elle avait cette pensée en tête que sa truelle heurta quelque chose de dur. Elle gratta encore un peu et écarta la terre qui recouvrait l'objet.

— Regarde ça ! dit-elle à Gabriel, déjà penché sur son épaule

— C'est une pierre.

— Oui, mais quelle sorte de pierre ? Sortons-la vite de là.

Avec leur soin de professionnels, ils continuèrent à gratter la terre sur une surface d'n mètre en suivant la pierre déjà mise à nu. Elle était lisse. Elle avait probablement été polie.

Le cœur de Rose battait très fort. Pour elle, qui n'avait jamais douté qu'elle trouverait quelque chose sur ce sentier, c'était une belle récompense de voir qu'elle ne s'était pas trompée. Mais leur découverte n'était pas forcément significative. Il s'agissait peut-être seulement d'une dalle abandonnée. Au mieux, une statue, s'ils avaient de la chance.

— Qu'est-ce qu'on fait ? demanda Gabriel.

— On continue ? proposa Rose.

— Tu m'as dit que tu étais invitée ce soir.

— C'est vrai.

Si elle se mettait en retard pour la fête, Alessandro viendrait la chercher. Et ce ne serait pas par amour mais pour voir si une quelconque trouvaille pouvait expliquer ce contretemps.

Mieux valait qu'il ne voie pas ce qu'ils venaient de mettre au jour. Tant qu'ils n'avaient pas la certitude qu'il s'agissait d'une pièce intéressante, inutile d'alerter qui que ce soit.

— Tu t'en vas ? demanda Gabriel.

— Oui, mais s'il te plaît ne dis rien à personne pour le moment.

Il lui adressa un sourire complice.

— Pas de problème.

— À demain, Gabriel.

— Non, demain, c'est dimanche. Tu n'es pas invitée à aller faire un tour dans les îles voisines ?

Rose soupira.

— C'est vrai.

Ce soir, anniversaire d'Ana en présence d'Alessandro. Et demain, visite des îles avec le même Alessandro. Autrement dit, deux doses d'un produit dangereux. Une seule aurait pu demeurer inoffensive, deux à la suite risquaient de s'avérer redoutables.

— Tu peux te dédire, suggéra Gabriel.

Elle aurait bien aimé mais elle ne le ferait pas. Le programme prévu devait être tenu sous peine d'éveiller les soupçons de son hôte. En attendant d'en savoir davantage, il était plus prudent de faire comme si de rien n'était.

Quant au programme du lendemain, il l'intéressait réellement. Elle avait envie de découvrir cette île secrète qui ne recélait sans doute rien d'extraordinaire mais lui donnerait l'occasion de se moquer d'Alessandro et de ses prétentions en archéologie.

— Aide-moi à recouvrir notre fouille d'une bâche, proposa Gabriel.

— Tu crains que quelqu'un vienne voir notre découverte ?

— Non. Plutôt au cas où il pleuvrait. On ne sait jamais.

En fait, il y avait peu de chances pour que le grand ciel bleu qui avait brillé toute la journée au-dessus de leur tête ne laisse échapper des torrents de pluie mais mieux valait se montrer prudents. Ils entreprirent donc de protéger leur travail aussi bien des intempéries que d'une curiosité mal placée.

Pourquoi n'était-elle pas encore arrivée ?

Depuis le début, Alessandro cherchait Rose du regard. Sans succès. La fête battait son plein dans la salle qu'Ana avait réservée. Un petit orchestre assurait la musique, les gens buvaient et mangeaient. La moitié du village se trouvait réunie autour des jumeaux.

Mais pas Rose.

De temps à autre, il voyait Ana la chercher du regard, elle aussi. Si Rose ne tenait pas sa promesse, la jeune fille serait terriblement déçue. Debout près de sa grand-mère,

Alessandro surveillait les entrées et les sorties des invités tout en prenant soin de souhaiter la bienvenue à tout le monde.

— Où est donc cette charmante petite Rose ? demanda Yiayia.

— Je ne sais pas, Yiayia. Elle va certainement arriver d'une minute à l'autre.

— Tu sais qu'elle a pris la peine de me demander quel genre de cadeau ferait plaisir aux jumeaux ?

— C'est vrai ?

— Ça te surprend ? Cette jeune femme est pleine de délicatesse. Nous l'aimons beaucoup.

Alessandro haussa les épaules. Il était gêné que Rose se soit sentie obligée d'accepter l'invitation d'Ana. Il l'était encore davantage maintenant à l'idée qu'elle s'était préoccupée d'offrir un cadeau aux jumeaux.

Brusquement, il réalisa que son plan se retournait contre lui. Au départ, il avait voulu que Rose fasse connaissance avec sa famille mais il n'avait pas imaginé que des liens d'affection puissent si rapidement se tisser entre eux tous.

— C'est normal, Yiayia, d'apporter un cadeau quand on est invité. Ça se fait aussi en Angleterre !

— Elle m'a parlé avec tant de gentillesse.

— Yiayia...

— Et alors ? Je ne comprends pas pourquoi tu t'énerves dès qu'il est question d'elle.

— Je ne m'énerve pas, Yiayia, c'est toi qui imagines ça.

Sa grand-mère cherchait-elle à le sonder ? Il ne livrerait rien de ses sentiments secrets.

— Tu me donnes l'impression de ne pas savoir où tu vas, reprit Yiayia. Tu avances, tu recules. Quel comportement bizarre tu as depuis l'arrivée de cette charmante petite Rose !

— Tu veux savoir pourquoi ? Eh bien, c'est parce que cette

« charmante petite Rose » comme tu l'appelles a bouleversé tous mes plans. Tous *nos* plans. Ma vie est en suspens tant qu'elle reste sur notre île.

Yiayia éclata de rire.

— Allons, Ali ! Tu crois que tu t'inquiètes pour l'avenir mais, moi, je sais bien que c'est le passé que tu n'arrives pas à gérer.

Alessandro haussa les épaules. Gérer le passé ? Quelle idée ! Yiayia se trompait du tout au tout. Lui, Alessandro Andino, n'était pas du genre à se soucier de ce qui se trouvait cent pieds sous terre. Les époques révolues, y compris celles de sa propre existence, ne l'intéressaient pas.

— Pas du tout, Yiayia. Je regarde vers l'avenir, c'est lui et lui seul qui m'intéresse.

— En tout cas, tu es complètement différent quand Rose est parmi nous.

— Comment faire autrement ? Je suis sur des charbons ardents à cause d'elle. Tout le projet que j'ai élaboré pour les enfants est en danger à cause de ses fouilles. C'était le rêve de mon père, celui de Théo aussi. Je leur dois de réussir.

Yiayia posa une main sur le bras de son petit-fils.

— Je comprends, mais sache que, si ce projet ne marche pas, tu n'auras pas pour autant trahi ton frère.

La désinvolture de la vieille dame choqua profondément Alessandro. On aurait dit qu'elle oubliait à quel point Théo avait été un homme brillant, excellent étudiant, navigateur talentueux, homme d'affaires avisé, et père aimant et attentionné. Chaque jour, Alessandro s'efforçait de lui ressembler le plus possible afin de prouver qu'il n'était pas irresponsable comme son père l'avait cru.

Désolé d'en revenir toujours aux mêmes pensées, il pivota sur lui-même, décidé à aller frapper à la porte de Rose.

Mais Yiayia n'en avait pas terminé.

— Ali, tu ne peux pas trahir Théo. C'est impossible. Regarde comme tu as pris soin de ses enfants.

— Je ne l'ai pas fait tout seul !

— C'est vrai, mais, sans toi, jamais je n'aurais réussi à faire d'eux les jeunes gens cultivés et curieux qu'ils sont devenus. Je suis sûre que tu as fait un énorme sacrifice quand tu as décidé de te consacrer à eux.

Alessandro n'avait pas envie de revenir sur ce sujet, mais Yiayia n'était pas décidée à le laisser se dérober.

— Tu vois, c'est seulement maintenant que je l'ai rencontrée que j'ai compris que Rose n'avait pas seulement été pour toi une aventure d'un été.

Alessandro n'en pouvait plus. Il s'apprêtait à partir quand son cœur s'arrêta de battre. Rose venait d'entrer. Ses cheveux étaient tressés en deux grosses nattes qu'elle avait enroulées autour de sa tête à la manière des déesses grecques. Avec sa robe en soie qui retombait en plis souples sur son corps mince, elle était la plus belle des statues classiques dont on puisse rêver.

— Regarde, elle est vraiment magnifique ! déclara Yiayia.

C'était difficile de contrarier la vieille dame sur ce point. Autant dire que le soleil n'éclaire pas ou que la pluie ne mouille pas. Rose était éblouissante.

— Elle a une beauté classique parfaitement adaptée à son métier, tu ne trouves pas ? poursuivit Yiayia en le poussant du coude.

Alessandro sursauta.

Impitoyable, elle reprit :

— Qu'est-ce que tu fais ici à perdre ton temps avec ta vieille grand-mère ? Dépêche-toi d'aller lui proposer quelque chose à boire !

Rose avait son plan en tête : arriver tard et partir tôt. C'était la meilleure façon de garder les distances dont elle avait besoin pour se préserver sans pour autant se montrer impolie.

Après lui avoir apporté un verre de résiné, Alessandro avait disparu, la laissant en compagnie de la vieille dame et de ses amis. Pendant que ces derniers discutaient entre eux, Yiayia aborda avec Rose le sujet qui lui tenait à cœur.

— J'ai cru comprendre que mon petit-fils et toi vous êtes connus autrefois, il y a longtemps.

À quoi bon le nier ? Rose hocha la tête.

— En effet.

— Tu sais, c'est toujours le même homme !

— Non, je ne crois pas, répondit Rose, un peu gênée de contrarier la grand-mère d'Alessandro.

Il avait changé. Autrefois, il aimait lire, il appréciait les longues conversations sur l'art. L'Alessandro qu'elle avait connu quatorze ans plus tôt aurait été passionné par les fouilles qu'elle menait actuellement sur son île. À l'époque, il voulait voyager, découvrir le monde, le changer. En choisissant de revenir sur son île pour reprendre le projet familial, il avait sacrifié une partie de lui-même, c'était évident.

— Il a conservé ses qualités de loyauté et de générosité, reprit Anastasia.

Rose n'avait pas envie d'approuver cette appréciation. En se montrant loyal envers sa famille, il avait effacé de sa vie son ancienne amoureuse. Elle demeura silencieuse.

— Le chemin qu'il a choisi n'est pas celui qu'il avait envie de prendre, poursuivit Anastasia, mais cela ne fait pas de lui pour autant un homme méchant.

— Tant mieux !

— Tu sais, je crois qu'il est toujours amoureux de toi.

Rose faillit s'étrangler. Yiayia voulait-elle vraiment aborder ce sujet brûlant alors que, par un accord tacite, Alessandro et elle-même l'évitaient soigneusement ?

— Yiayia, vous vous faites des idées.

— Il n'y a jamais eu personne d'autre dans sa vie.

— À part moi ?

— Tu es bien la jeune femme qu'il a connue à Athènes ?

Rose allait de surprise en surprise. Jamais elle n'avait imaginé qu'Alessandro avait parlé d'elle à sa grand-mère.

Elle hocha la tête en guise de réponse.

— Quand il est rentré, reprit Anastasia, il n'était plus le même.

— C'est bien normal, Yiayia. Son frère et sa belle-sœur venaient de mourir et il devenait brusquement le tuteur de deux jeunes enfants. C'était un changement radical dans sa vie.

Sûre de ce qu'elle avançait, Rose garda son calme sous le regard insistant que la vieille dame posait sur elle. Elle n'était pour rien dans le changement d'Alessandro. La tragédie qui l'avait frappé l'avait métamorphosé. Et lui avait fait oublier jusqu'à l'existence de la petite étudiante rousse avec laquelle il avait partagé pendant quelques semaines une passion brûlante.

Après cet échange, Anastasia se mit à discuter en grec avec ses amis. Rose n'arrivait pas à suivre car ils parlaient très vite. Des yeux, elle fit le tour des invités. Bien sûr, son regard s'arrêta sur Alessandro, en grande discussion au milieu d'un groupe d'hommes. En apercevant Rose, l'un d'entre eux attrapa Alessandro par le bras et l'entraîna vers elle malgré la résistance que ce dernier lui opposait.

— C'est vous, l'archéologue ? demanda le compagnon d'Alessandro.

— En effet, je suis Rose Taylor.

— Et moi, Demetri.

— Enchantée de vous rencontrer.

Elle avait répondu en grec mais, sa connaissance de la langue n'allant guère plus loin que ce genre de phrases conventionnelles, elle espérait qu'ils en resteraient là.

— Demetri est mon maître d'œuvre, expliqua Alessandro, visiblement à contrecœur.

— Ah...

— J'ai pris du retard à cause de vous, reprocha le nouveau venu. J'ai dû débaucher mes ouvriers qui sont allés chercher du travail ailleurs. Ils ne reviendront pas pour le projet suivant.

— Je suis désolée de l'apprendre, déclara Rose, mais je n'y suis pour rien.

— Bien sûr que si ! Vous n'avez qu'à signer le permis de construire et partir d'ici.

— Non, Demetri, ce n'est pas aussi simple. Mon équipe sait que nous n'avons pas terminé notre travail ici. Ils en avertiraient le ministère de la Culture et me mettraient dans une position indéfendable.

— Si vous étiez un patron digne de ce nom, les gens qui travaillent pour vous auraient peur de dire quoi que ce soit et vous nous laisseriez tranquilles.

Rose frissonna. En lui suggérant de mentir aux autorités et de terroriser son équipe, cet homme dépassait les bornes.

— Il n'en est pas question. Je ne vais pas mentir et encore moins menacer mes collaborateurs.

Elle avait parlé d'un ton ferme en espérant que son grec était compréhensible.

Ce devait être le cas car l'homme la toisa de toute sa corpulence. Il aurait pu la faire tomber d'un simple coup d'épaule. Sentant que la tension s'aggravait, Alessandro s'interposa entre eux deux.

— C'est bon, Demetri, plus que quatre semaines et tu auras le champ libre. Tes ouvriers seront rentrés d'Ithaque, et tu pourras attaquer le chantier prévu.

Sur ce, Alessandro prit Rose par la main et la ramena vers sa grand-mère. Comme si une vieille dame âgée de plus de quatre-vingts ans pouvait lui offrir une protection efficace contre la colère d'un homme en colère dans la force de l'âge ! Et pourquoi pas, finalement ? Personne présent dans cette pièce n'oserait lever la main sur Anastasia. Et pour atteindre Rose, il faudrait d'abord passer par elle.

— Je suis désolé, Rose, déclara Alessandro qui la tenait toujours par la main.

Mais, au lieu de prêter attention à ses paroles, Rose se laissait envahir par la douceur et le réconfort que ce contact lui apportait.

— Je... heu... C'est moi qui suis désolée de ne pas avoir deviné à quel point mon travail te mettait en difficulté. Cet homme paraissait hors de lui et même dangereux. Pourquoi travailles-tu avec lui ?

— Il est très en colère, mais cela n'ira pas plus loin. C'est le stress qui le rend agressif. L'île est toute petite, je n'ai pas le choix pour trouver des collaborateurs. Il ne t'embêtera pas davantage, tu peux être tranquille.

En fait, Rose n'était pas inquiète pour sa sécurité. Ce qui la contrariait était de penser que certains habitants de Paxos lui en voulaient sans doute. Malgré tout, elle continuait à être persuadée qu'une découverte archéologique ne pouvait qu'apporter du bon à l'île et à ses habitants.

À ce moment-là, un roulement de tambour se fit entendre. Alessandro adressa un clin d'œil à Rose avant de s'avancer vers le micro que lui tendait l'animateur.

— Mes chers amis, nous sommes tous réunis aujourd'hui pour fêter l'anniversaire d'Ana et de Lucas. Chacun ici sait pourquoi c'est moi qui prends la parole à la place de leurs parents, mais je veux vous assurer une fois de plus, mes très chers neveu et nièce, que votre mère et votre père continuent à vous protéger. Quant à moi, participer à votre éducation aux côtés de ma très chère Yiayia est sans aucun doute la grande chance de ma vie. Je vous souhaite à tous les deux un excellent anniversaire !

Chacun leva son verre. Très émue, Rose fit de même.

Lorsque les larmes qui lui étaient montées aux yeux se furent dissipées, elle vit Alessandro prendre la main de son neveu et celle de sa nièce pour les amener sur la piste de danse car l'orchestre recommençait à jouer.

Il l'avait quittée pour servir de père à ces deux jeunes gens. Avait-elle le droit de lui en vouloir ? Sans doute pas, car il avait accompli un travail remarquable en leur assurant une vie pleine d'affection et de sécurité. Cela, elle avait pu le constater de ses propres yeux.

Cette pensée l'apaisa un peu.

Plongée dans ses réflexions, elle n'avait pas remarqué qu'Ana et Alessandro s'étaient avancés dans sa direction. Ana la prit par la main et l'entraîna dans la ronde où elles dansèrent ensemble un moment. Puis, avec une assurance que jamais elle-même n'aurait eue à seize ans, Ana plaça la main de Rose dans celle d'Alessandro.

— Allez, à vous de continuer maintenant !

Comment ne pas obéir à la jeune fille le jour de son anniversaire ?

Toutefois, Rose regarda Alessandro.

— Tu n'es pas obligé si tu n'en as pas envie.

— Et si ça me plaît, au contraire ?

Il la prit dans ses bras et, à son tour, elle l'enlaça, tout en veillant à laisser un espace entre leurs deux corps. C'était le minimum qu'elle pouvait faire pour garder le contrôle d'elle-même. Malgré cette précaution, en sentant le bras d'Alessandro entourer sa taille et les muscles de son dos à travers la chemise en coton, elle éprouva une ivresse délicieuse.

— Tu as accompli une tâche remarquable auprès de tes neveux.

Il soupira.

— Je n'ai pas terminé. Il me faut encore leur passer le flambeau des affaires familiales.

Ainsi, son idée fixe ne le quittait pas. Il demeurait déterminé à construire cet hôtel.

— Ils ont vraiment besoin de cet argent ?

— Non, mais c'est l'héritage prévu par leurs parents.

Ce fut au tour de Rose de soupirer. Contrairement à elle qui avait été rejetée par son père, ces enfants avaient été aimés. C'était la mort qui les avait séparés de leurs parents, pas le manque d'amour.

À ce moment-là, l'orchestre attaqua un morceau d'un air très connu qui transporta aussitôt Rose à Athènes quatorze ans plus tôt. Ils avaient souvent dansé sur cette musique.

— Oh… on dirait une machine à remonter le temps, souffla-t-elle.

— Tu penses à Athènes quelquefois ? demanda Alessandro.

Au cours de la semaine passée, elle n'avait fait que ça ! Leurs promenades, leurs conversations, leurs fous rires, leurs dîners pris sur la petite table éclairée de bougies à la lueur tremblotante.

L'étreinte d'Alessandro se resserra. Rose mourait d'envie de s'y abandonner. Mais ce n'était pas une bonne idée car capituler ainsi ne ferait que rendre encore plus difficiles les semaines qu'il lui restait à passer ici.

— Moi, j'y pense souvent, souffla Alessandro dans l'oreille de Rose.

Son souffle fut une caresse qui glissa le long de son cou comme un baiser.

Leur entente tacite de ne pas revenir sur le passé était sur le point d'être rompue.

*Non. Il ne faut pas.*

Mais de quoi parler alors ? S'ils ne pouvaient parler du passé, il ne leur restait que le futur. L'envie de lui faire part de la plaque de pierre qu'elle avait découverte à la fin de la journée lui brûlait la langue, mais Alessandro était la dernière personne à qui elle pouvait en faire part.

Elle se rappelait qu'ils avaient écouté cet air autrefois, lovés dans les bras l'un de l'autre. Quand il l'avait quittée, entre deux sanglots, elle s'endormait en le chantonnant. Et voici qu'à nouveau elle était dans ses bras.

Lorsque la chanson se termina, la magie du moment s'évanouit. Tous deux furent catapultés dans le présent. Ils s'écartèrent l'un de l'autre, mais leurs mains ne se séparèrent pas.

— Je suis désolée, déclara Rose.

— Pourquoi ?

— La mort de ton frère et de ta belle-sœur t'a transformé.

— Non, Rose. Je suis toujours la même personne.

— Pas du tout. Autrefois, tu aimais la mythologie et tu croyais aux trésors enfouis.

Comme ils se trouvaient trop près de l'orchestre pour pouvoir parler tranquillement, Alessandro entraîna Rose sur le pas de la porte, à l'écart du bruit et des invités.

Même après qu'il eut lâché sa main, elle continua à en sentir l'étreinte.

— Je n'ai pas dit ça pour te faire de la peine, reprit-elle, simplement, je le regrette.

— Le passé est derrière nous. Maintenant, je dois me tourner vers le futur.

Bien sûr. Et ces deux périodes étaient inconciliables.

Elle jeta un coup d'œil vers la colline. D'ici, elle en avait une vue bien différente. La côte sud se déployait sous ses yeux, pleine des lumières des maisons qui la longeaient.

— Tu as été un hôte très accueillant, je t'en remercie.

— Et pourquoi ne l'aurais-je pas été ?

— Eh bien... parce que...

*Parce que je pensais que tu ne voulais plus me voir.*

— Parce que j'ai cru que tu étais parti à cause de moi.

— Maintenant, tu en connais la raison.

— Oui, mais c'est difficile de me défaire de ce sentiment de rejet. Je l'ai traîné pendant quatorze ans, c'est long, tu sais !

La même pensée lui revenait à l'esprit.

*Souvent, les gens me quittent par ma faute. Tu as brisé mon cœur en mille morceaux et jamais personne n'a pu le recoller.*

— Je comprends.

— Même maintenant que je sais, c'est encore douloureux. Tu es parti pour m'épargner mais je me suis sentie trahie.

— Je regrette de t'avoir causé tant de peine. Je ne voulais pas que mes obligations familiales ruinent ta vie. Mais ne crois pas pour autant que je t'ai vite oubliée.

Maintenant qu'ils évoquaient librement le passé, Rose avait l'impression que sa blessure se rouvrait. Alors qu'elle l'avait crue refermée et cicatrisée, elle la sentait à nouveau aussi fraîche que si elle venait de la recevoir.

— Ce que je vais te dire n'arrangera rien, reprit Alessandro, mais la vérité est que tu m'as manqué. Beaucoup.

Il l'attira contre lui et l'enlaça. Alors, Rose enfouit son visage dans la poitrine d'Alessandro et se laissa aller. Parce que c'était l'endroit au monde où elle se sentait exactement à sa place.

Pourtant, elle avait avancé dans la vie. Elle avait eu des relations avec des hommes gentils, intéressants, mais toujours une partie d'elle-même était restée en retrait. Et c'était toujours elle qui avait rompu.

Aujourd'hui, elle n'avait pas envie de quitter cette étreinte bienfaisante. Pendant les semaines à venir, elle allait être obligée de gérer ce sentiment. Ce serait difficile.

Alessandro caressait maintenant les nattes enroulées autour de sa tête. Leurs respirations s'étaient accordées. Leurs poitrines se soulevaient et s'abaissaient en même temps. Oh ! si ce moment avait pu s'éterniser...

Elle releva son visage et eut la surprise de découvrir qu'Alessandro la regardait intensément, comme s'il se demandait si elle était prête.

Elle soutint son regard tandis qu'il rapprochait son visage du sien. Leurs lèvres se rencontrèrent. Rapidement. Était-ce un test ? Voulait-il s'assurer qu'elle ne s'enfuirait pas ?

Des sensations anciennes revenaient prendre possession du corps de Rose. Alessandro la regardait dans les yeux, et l'étincelle qui y brillait lui disait qu'elle n'avait rien à craindre. Alors elle pressa sa bouche contre celle qu'il lui tendait.

Ce n'était pas le passé et ce n'était pas le futur. C'était maintenant. Le moment présent. Ici et maintenant. Avec le bruit de la fête derrière eux. C'était le corps d'Alessandro tel qu'il était devenu, et ses baisers, un peu hésitants mais plus tendres encore qu'autrefois. Elle se sentait plonger, incapable de se retenir.

Un cri d'enfant suivi d'un éclat de rire la fit sursauter.

*Ce baiser est une aberration complète !*

Elle s'écarta d'Alessandro.

— Je crois que...

Il l'attira contre lui.

Mais elle se libéra.

— Non.

— Mais...

— Alessandro, nous ferions mieux d'arrêter de nous torturer.

Il se mit à rire.

— Je crois que nous avons des définitions bien différentes du mot « torture ». Si ce baiser était une torture pour toi, je te présente mes excuses. En ce qui me concerne, il était merveilleux !

Avec son humour et son sourire dévastateur, il venait une nouvelle fois de la désarmer.

— Non, honnêtement, ce n'était pas une torture mais, si nous continuons, nous dire adieu dans quelque temps en sera une épouvantable.

— Ce sera dans plusieurs semaines.

— Tu tiens à ce que je prolonge mes fouilles ? En fait, tu ne souhaites pas que je réussisse.

— Rose, tu es dure avec moi ! Tu veux que j'abandonne le rêve de mon père et de mon frère ?

— Non, mais toi, tu souhaites que je renonce au mien alors que j'en rêve depuis l'enfance. Je n'ai pas l'intention de baisser les bras.

Une fois de plus, ils étaient obligés de constater que leurs vies suivaient des parcours opposés.

— Alessandro, je ne peux pas abandonner ce site de fouilles. Je tiens vraiment à savoir s'il y a quelque chose à y découvrir. De toute façon, si je signais le permis de construire ton hôtel, ce serait un véritable suicide professionnel. Ma réputation serait perdue à jamais.

— Je ne te demande pas de le faire. J'en suis au même point que toi, je ne sais pas quoi faire.

— Alors ?

Les yeux dans les yeux, chacun comprenait que l'autre avait autant que lui-même le désir de retrouver leurs étreintes mais que leurs choix de vie s'y opposaient.

— Alors je ne sais pas, Rose. Il est trop tôt pour que les enfants prennent ma suite dans les affaires familiales.

La brise du soir ébouriffait les cheveux d'Alessandro. Rose frissonna. Alors il passa un bras autour d'elle, et elle se laissa aller contre sa poitrine.

— Laissons faire le destin, murmura Alessandro. Nous verrons bien ce qu'il nous réserve.

Rose fit mine de réprimer un bâillement et s'écarta de lui.

— Il se fait tard, je rentre dormir.

— Bonne idée. Demain, une grosse journée nous attend. Il faut que tu sois en forme pour la virée en bateau.

Toute une journée en compagnie d'Alessandro...

Un tiers de bonheur, deux tiers de douleur.

# 8

Le matin suivant, le cœur encore troublé par le baiser échangé la veille avec Rose, Alessandro prépara consciencieusement le nécessaire pour la journée de voile, mais la phrase terrible prononcée par Rose tournait en boucle dans sa tête.

« Tu ne souhaites pas que je réussisse. »

Ce n'était pas faux, mais il ne souhaitait pas non plus qu'elle échoue. Son seul désir était de la prendre dans ses bras et de faire l'amour avec elle, comme autrefois. Puisqu'elle était de retour dans sa vie, il la voulait à lui entièrement, mais il n'était pas certain que c'était ce qu'elle désirait elle aussi.

Un peu plus tard, il alla la chercher, et tous deux s'installèrent dans la voiture qui devait les conduire au port de Gaios. Rose était vêtue d'une robe en coton rose, un grand chapeau de paille sur la tête, belle à croquer.

Avant de prendre le volant, Alessandro lui adressa un clin d'œil.

— Tu as pris ton maillot de bain ?

— Bien sûr.

— C'est du luxe ! Là où nous allons, on peut s'en passer !

Rose sentit ses joues se colorer à l'idée de nager toute nue devant Alessandro. Une tentation l'effleurait peut-être ?

Alessandro le remarqua mais ne fit pas de commentaire. Il espérait beaucoup que cette visite à Erimitirio, l'île bénie de son enfance, permettrait à Rose de mieux comprendre les liens qui l'attachaient à sa famille. Avec Théo, ils y avaient fait de la voile, joué aux explorateurs, aux guerriers, et il s'y était presque noyé.

Plusieurs bateaux étaient à l'ancre dans la marina de Gaïos. Alessandro posa le pied sur l'un d'eux avec autant de naturel que s'il avait franchi le seuil de sa maison, puis il tendit la main à Rose. À son tour, elle enjamba le petit espace qui la séparait du voilier mais, surprise par le balancement de l'embarcation, elle bascula en avant. Les bras solides d'Alessandro la retinrent à temps avant la chute, mais ce geste suffit à réveiller chez elle les sensations de la veille : chaleur, sécurité, excitation. Elle comprit immédiatement à quel point cette journée bénie et maudite en même temps allait être dangereuse pour la paix de son cœur.

Une expression de bonheur sur le visage, Alessandro actionna une manivelle qui mit la voile en place. Troublée par la musculature de son ancien amoureux, Rose préféra se détourner pour admirer les eaux turquoise qui les attendaient.

— Il est peut-être temps que je t'avoue que je suis nulle en termes de navigation ?

— Pas de problème, répondit Alessandro en riant. Je pourrais rejoindre Erimitirio les yeux fermés !

— Je t'en prie, ne le fais pas ! Je te crois sur parole.

— Tu te fais du souci ?

Oui, Rose s'inquiétait. Pas tant parce que dès qu'elle posait les pieds sur une embarcation aussi petite son estomac se manifestait désagréablement mais surtout parce que la perspective de passer toute une journée si proche d'Alessandro lui paraissait assez angoissant.

— Un peu, répondit-elle sans préciser.

— C'est la peur du mal de mer qui t'a fait hésiter à m'accompagner aujourd'hui ?

Elle ne répondit pas qu'en fait elle avait eu envie de rester sur le site de fouilles pour dégager la plaque découverte la veille. Et encore moins que chaque moment passé avec lui était à la fois un bonheur et une torture. Mieux valait le laisser à ses illusions.

— En Grèce, c'est impossible d'avoir le mal de mer, reprit-il. Ce serait antipatriotique. Si tu regardes droit devant toi, tu ne seras pas malade.

Voyant qu'elle cherchait son équilibre, Alessandro lui tendit la main pour l'aider à se stabiliser. Elle hésita un instant, persuadée que ce contact allait une fois de plus la troubler, ce qui se produisit en effet. En sentant une chaleur sensuelle passer de ses doigts le long de son bras, elle préféra retirer sa main pour se cramponner au bastingage.

Très vite, ils sortirent du port pour prendre la haute mer. Le bateau fendait l'eau sans remous, la brise marine caressait agréablement le visage de Rose qui se sentait de mieux en mieux.

Depuis le bateau, la vue était spectaculaire. Le feuillage argenté des oliviers miroitait sur les pentes des collines qui se terminaient dans la mer. Ils dépassèrent quantité de petites baies aussi attirantes les unes que les autres. Enfin, ils arrivèrent à Erimitirio.

— Personne n'habite dans cette île depuis des siècles,

expliqua Alessandro. Les touristes n'y viennent pas, et pourtant c'est un petit bijou.

*Mais, surtout, elle est inhabitée et inexplorée*, pensa Rose. À ses yeux, c'était cela le plus passionnant. Peut-être qu'Alessandro n'essayait pas de la gêner dans son travail mais au contraire lui offrait l'occasion d'être la première à parler de cet îlot qui n'intéressait encore personne ?

— La légende raconte qu'Ulysse aurait fait naufrage par ici, reprit Alessandro.

— Tu connais une île grecque qui ne prétend pas la même chose ? demanda Rose sur un ton moqueur.

— Bien sûr, mais ici, c'est la vérité ! assura-t-il en riant. Plus tard, les Romains sont venus ici construire un fort qui a ensuite été détruit et reconstruit par les Vénitiens. Tu verras, il y a des vestiges de toutes ces occupations.

— Je ne pensais pas que toutes ces vieilles histoires t'intéressaient.

— Tu te trompais. Même si je n'apprécie pas qu'on vienne faire des fouilles sur mon terrain.

— Tu venais souvent ici avec ton père et Théo ?

— Oui. Mon père prenait du temps pour s'occuper de nous. Comme je le fais avec Ana et Lucas.

Une boule se forma dans la gorge de Rose. Alessandro avait consacré son existence à des enfants qui n'étaient pas les siens, alors que son propre père l'avait chassée de sa vie.

*Il ne t'aimait pas. Tu n'étais pas assez intéressante.*

Jamais il n'avait répondu à ses messages. Il préférait sa nouvelle famille à l'ancienne.

Comme s'il avait lu dans ses pensées, Alessandro se tourna vers elle.

— Si tu me parlais un peu de ta famille ?

— Ce sera vite fait. Mon père nous a quittées alors que j'étais encore une petite fille. Ma mère m'a élevée seule.

— Oui, tu me l'avais dit. Est-ce qu'il a...

— Jamais ! coupa Rose. Jamais il n'a essayé de reprendre contact. Il y a quelque temps, ma mère a appris qu'il était mort. Je ne l'ai pas revu depuis mes sept ans.

La page était tournée, il n'y avait plus aucun espoir de réconciliation. Aucun espoir de comprendre.

— Tu vois, ta famille est bien plus intéressante que la mienne, reprit Rose. Tu ne m'en as guère parlé autrefois. Je savais seulement que tu venais d'une île ionienne.

— C'est vrai. Je préférais partager avec toi mes espoirs, mes rêves, mes projets d'avenir.

— Maintenant que je suis ici, je me rends compte à quel point ton île est importante pour toi.

Alessandro prit la main de Rose.

— À l'époque, je ne le savais pas moi-même. Je n'étais qu'un jeune étudiant un peu fou.

— Et moi, une amourette d'un été ?

Le regard qu'il posa sur elle était si intense que Rose sentit son estomac se nouer.

— Tu n'as jamais été une amourette d'un été, Rose. Je voulais passer ma vie avec toi.

# 9

Ces mots laissèrent Rose sans parole. S'il les avait prononcés quatorze ans plus tôt, elle aurait été la plus heureuse du monde. Aujourd'hui, son cœur se brisait de douleur à les entendre. Parce qu'il était trop tard.

— Moi aussi, pendant quelques semaines, j'ai pensé la même chose, répondit-elle tristement.

Alessandro soupira.

— Tu voulais parcourir le monde en quête du passé et, moi, je voulais t'accompagner pour raconter le présent. Nous aurions mené une vie passionnante.

À quoi bon remuer ce qui n'avait pas existé ?

Rose tenta d'apaiser leur peine à tous les deux.

— Il ne faut pas avoir de regrets, Alessandro. Chacun de son côté, nous nous sommes tout de même construit une vie intéressante. Je suis devenue archéologue comme je le souhaitais et, toi, tu as construit un empire hôtelier et élevé deux enfants. Ce n'est pas rien.

Alessandro ne répondit pas. Il s'appliquait à rapprocher le voilier de la côte. Elle sentait sa peau brûler, sans trop savoir si c'était à cause du soleil ou à cause de ce qu'il venait de lui avouer.

— À partir d'ici, dit-il sans se retourner, il y a un choix

à faire. Soit nous faisons le tour de l'île pour arriver à un endroit où le bateau pourra accoster, soit nous le laissons ici et gagnons la plage à la nage. Tu te sens capable de nager cinquante mètres ?

Elle l'avait déjà fait souvent. Face à elle, la plage de sable blanc étincelait sous le soleil, l'eau turquoise paraissait accueillante. Sa fraîcheur lui ferait du bien.

— On nage !

Sans plus hésiter, elle se débarrassa de ses tongs d'un geste vif et plongea tout habillée sous le regard ébahi d'Alessandro. Après avoir fait quelques brasses, elle se retourna. Debout sur le pont, il secouait la tête en riant.

Elle recommença à nager, puis en jetant un coup d'œil en arrière, elle constata qu'il la suivait. Assez vite, ses pieds touchèrent le fond et, bientôt, elle se trouva sur la plage.

Quelques instants plus tard, Alessandro la rejoignit. Son torse nu et musclé, ruisselant de gouttelettes lui conférait la beauté d'une statue antique qu'on aurait juste repêchée. Le cœur de Rose battait trop vite. Jamais elle n'aurait dû accepter de venir.

Alessandro fit glisser de son dos quelque chose qu'elle n'avait pas aperçu.

— Qu'est-ce que c'est que ça ?

— Un sac étanche.

Il en retira une serviette et deux paires de chaussures en caoutchouc.

— Tiens, tu en auras besoin pour marcher.

— Où tu m'emmènes ?

— Pas très loin, rassure-toi, parce que l'île est toute petite.

Après avoir enfilé un T-shirt, Alessandro entraîna son invitée sur un sentier de chèvres, bordé de buissons épineux, qui conduisait au sommet de la colline.

— Oh… magnifique ! s'exclama Rose en découvrant un ensemble de ruines.

Elle se précipita pour les regarder de plus près.

— Ça ne me paraît pas très ancien, mais les fondations le sont peut-être.

Poussée par la curiosité professionnelle, elle franchit ce qui avait dû être un pas de porte. Une partie du bâtiment était encore debout, avec quatre murs et une partie du plafond en bois. Le reste était recouvert par les branches et le feuillage d'un arbre qui avait poussé dans un coin.

— Regarde comme c'est beau ! s'exclama-t-elle en se tournant vers lui.

Mais Alessandro n'avait d'yeux que pour elle.

Si elle n'était pas vigilante, le mur qu'elle avait construit autour de son cœur pour le protéger risquerait bien de s'écrouler, et alors elle serait perdue.

— Ces vestiges remontent au Moyen Âge, déclara-t-elle en regardant quelques traces de peinture sur un pan de mur.

Sa robe rose était presque sèche maintenant mais Alessandro apercevait encore le maillot de bain rouge qu'elle portait en dessous. Elle était belle. Aussi belle qu'une nymphe à peine sortie des vagues. Il avait commis une grosse erreur en l'encourageant à sauter dans l'eau.

— Oui, ce sont des restes des Vénitiens.

Elle lui adressa un sourire énigmatique. À quoi pensait-elle ? Autrefois, il savait toujours ce qu'elle avait en tête, aujourd'hui, elle lui demeurait mystérieuse. Elle ne lui avait même pas fait part de ses sentiments quand il lui avait avoué avoir envisagé de passer sa vie avec elle.

Rose contourna les ruines, tapota les murs, concentrée sur tout ce qu'elle découvrait. Alessandro la regardait faire.

*Si seulement elle me regardait avec autant d'attention...*

— Est-ce que quelqu'un a déjà fait des recherches ici ?

— Moi.

— Je parle d'un professionnel.

— Ça t'intéresserait ? Ici, ce n'est pas la peine de creuser beaucoup pour trouver quelque chose d'intéressant.

— Ce n'est pas mon secteur.

— Ça pourrait le devenir.

Un sourire rêveur se dessina sur le visage de Rose.

— J'aimerais bien revenir ici.

« Tu avances, tu recules... », avait dit Yiayia.

Rose était enthousiasmée.

— Et il y a encore plein de ruines de ce côté ! s'écria-t-elle en apercevant l'autre versant de la colline.

Plus prosaïque, Alessandro l'appela avant qu'elle ne s'y précipite.

— Viens, allons d'abord pique-niquer !

Elle ne l'écouta pas et disparut de l'autre côté de la crête.

Alessandro décida de la rejoindre après être retourné au bateau chercher de l'eau et un chapeau pour la protéger du soleil qui tapait fort malgré le ciel nuageux.

Le ciel avait en effet pris une couleur différente de ce côté de la colline. Il était devenu gris, et un vent frais s'était levé.

Ce constat le contraria car il annonçait la probabilité d'une prochaine tempête. Là où il se trouvait en ce moment, le bateau n'était pas en sécurité. La sagesse aurait été de le mettre dès leur arrivée à l'abri dans la baie qui se trouvait de l'autre côté de l'île. C'est sans doute ce que Théo aurait choisi. Heureusement, il était encore temps de le faire avant que la mer ne devienne très agitée.

Alessandro s'avança dans l'eau, puis, à grandes brasses régulières, rejoignit l'embarcation.

Pendant ce temps, Rose traversait les ruines de la citadelle et continuait son exploration. Ce qu'elle découvrait datait du Moyen Âge. Ce n'était bien sûr pas sa spécialité mais il s'agissait tout de même de ruines, bien visibles, contrairement à ce sur quoi elle travaillait d'habitude. Cette face de la colline abrupte, rocheuse, conduisait à une anse bien abritée entourée de verdure.

En se tournant pour appeler Alessandro, elle constata qu'il ne l'avait pas suivie. Emportée par son enthousiasme, elle ne s'en était pas rendu compte.

Elle l'appela.

Pas de réponse.

Encore une fois.

Toujours rien.

Alors elle décida de retourner à l'endroit où ils étaient arrivés. Là, elle retrouva le sac étanche. Après l'avoir ramassé, elle reprit le sentier de chèvres, s'attendant à l'apercevoir à tout moment. Jamais l'idée qu'il ait pu regagner le bateau à la nage ne lui traversa l'esprit. Non, il ne l'avait pas abandonnée ici tout de même ?

*Il l'a bien fait une fois déjà.*

C'est alors qu'elle l'aperçut qui se hissait sur le bateau. Elle le héla en faisant de grands signes. Il ne répondit pas.

*Il ne m'a pas vue, c'est certain.*

Elle appela de nouveau.

Pas de réponse.

*Il ne m'a pas entendue, évidemment.*

*À moins qu'il ne fasse semblant ?*

Impuissante, elle le vit relever l'ancre, mettre le moteur en marche. L'eau bouillonna à l'arrière de l'embarcation qui se mit en route.

*Il part pour de bon ?*

*Il m'abandonne ici ?*

C'était déjà très moche de l'avoir plaquée à Athènes sans lui donner d'explication mais c'était bien pire de l'abandonner sur une île minuscule au milieu de la mer Ionienne. Brusquement, le vent frais la fit frissonner. Des nuages qui s'amoncelaient du côté de Paxos arrivaient vers elle, poussés par le vent. La pluie menaçait. Stupéfaite, encore incrédule, elle continuait à regarder le bateau disparaître. Très vite, il fut hors de sa vue.

Elle n'arrivait pas à en croire ses yeux. Quelle raison allait-il trouver pour expliquer à Yiayia et aux autres qu'elle n'était plus avec lui ?

Allait-il la faire attendre quatorze ans avant de revenir la chercher ?

*Il est peut-être allé demander de l'aide ?*

*Mais pourquoi ne m'aurait-il pas emmenée ?*

C'était absurde.

Les nuages sombres s'étaient dangereusement rapprochés. Le vent se faisait de plus en plus froid. La tempête arrivait à toute vitesse. Elle devait se mettre à l'abri aussi vite que possible. Le mieux était d'escalader les rochers pour se réfugier dans la citadelle, à l'abri des ramures de l'arbre et de la portion de toit préservée.

Une fois arrivée là, elle entoura ses genoux de ses bras et s'efforça de respirer calmement afin de ne pas céder à la panique.

# 10

Au bout d'un temps qui lui parut très long, elle entendit que quelqu'un criait son nom.

— Rose ! Rose, réponds-moi !

Elle quitta son abri et aperçut Alessandro qui courait vers la citadelle.

— Qu'est-ce que tu fais là ?

— C'est le seul endroit que j'ai trouvé pour me protéger de la tempête qui s'annonce.

— Je suis désolé. Nous allons être obligés de rester.

— De rester ?

— Oui. J'ai amené le bateau à l'abri et j'en ai rapporté quelques affaires. Nous ne pouvons pas prendre la mer par un temps pareil.

Il lui montra les deux sacs qu'il transportait.

— Allons trouver un meilleur endroit pour passer la nuit.

Rose demeurait figée sur place, les jambes encore tremblantes.

Alessandro ne l'avait pas abandonnée.

Il était allé mettre le bateau en sécurité, chercher des affaires utiles.

Pourquoi avait-elle imaginé le pire ?

Constatant qu'elle ne réagissait pas, il leva le visage vers elle.

— Tu as cru que je t'abandonnais ?

Une grosse goutte de pluie vint s'écraser sur le visage de Rose.

— Je t'ai vu lever l'ancre et partir avec le bateau. Que crois-tu que j'aie imaginé ?

— J'ai cru que tu comprendrais en voyant l'orage se rapprocher.

Silence.

— Tu as cru que...

— Non. Enfin... si. Tu m'as bien déjà laissée une fois.

— Je croyais t'avoir expliqué !

— Oui, c'est vrai. Mais je n'ai pas pu m'empêcher d'avoir peur.

Il soupira, désolé.

— Viens avec moi, dit-il en la prenant par la main. Fais-moi confiance.

Lui faire confiance ? Rose ne savait plus si elle en était encore capable. Pourtant, elle n'avait guère le choix. Elle le suivit donc en frissonnant. Sa robe de coton n'était pas assez chaude maintenant.

— Je t'emmène dans une grotte où nous pourrons allumer du feu pour nous réchauffer, expliqua Alessandro. J'y ai déjà dormi avec Théo.

Une fois qu'ils furent arrivés, il déposa les deux grands sacs par terre.

— Tu préfères que je commence par allumer le feu ou par sortir de quoi manger ?

— Le feu !

Alessandro eut tôt fait de ramasser quelques branches

devant la grotte et, très vite, des flammes s'élevèrent, joyeuses et réconfortantes.

Rose ouvrit l'un des sacs dans lequel elle trouva une couverture, des serviettes de bain et deux gros pull-overs. Du suivant, elle eut la bonne surprise de sortir un pique-nique, complet et fort appétissant : pain, fromage, raisins, olives et même une bouteille de vin.

Ils s'installèrent sur la couverture et, une fois le premier verre de vin avalé, elle se sentit délicieusement bien. Le monde s'était rétréci à leur dimension. Les cheveux d'Alessandro étaient encore humides, la lumière des flammes projetait des ombres capricieuses sur son visage. Elle aurait pu le contempler toute la nuit.

Se trouver loin de tout, seule en compagnie d'Alessandro, ne lui déplaisait pas du tout.

— Tu as fait exprès de nous coincer ici ?

— Rose ! Tu crois que j'ai le pouvoir des anciens dieux qui commandaient à la tempête de se déchaîner quand cela leur convenait ? Non, il faut être Zeus en personne pour commander aux éléments. Je ne suis qu'un pauvre humain, désolé de t'avoir causé du souci.

Rose mourait de l'envie de passer ses doigts dans les cheveux embrouillés d'Alessandro. Comme elle le faisait autrefois.

À la place, elle but une nouvelle gorgée de vin.

Alessandro sortit un instant chercher une nouvelle brassée de bois. À son retour, il s'aperçut que Rose l'attendait, l'air inquiet. Sa poitrine se serra. Il lui avait réellement fait peur.

*C'est normal qu'elle se soit inquiétée. Tu fais les choses sans rien lui dire, pourquoi te ferait-elle confiance maintenant ?*

Décidément, il n'était qu'un humain assez lamentable.

Pourquoi n'avait-il pas pensé à consulter la météo avant d'entreprendre cette excursion ? Jamais Théo n'aurait commis pareille négligence.

Affligé, il s'assit à côté d'elle sur la couverture. Il attisa le feu qui brûla plus ardemment.

L'amertume du remords lui serrait la gorge.

— Rose, je suis vraiment désolé.

— Je sais.

Elle savait, mais lui avait-elle pardonné ? Sa réaction aujourd'hui prouvait à quel point elle avait été affectée par son départ précipité d'Athènes. S'en remettrait-elle jamais ? Comment le lui faire oublier ?

Comme pour l'instant il ne trouvait pas d'idée, il lui versa un nouveau verre de vin qu'elle accepta avec bonne humeur.

— Raconte-moi comment tu t'es débrouillé avec Ana et Lucas quand tu as commencé à t'occuper d'eux.

— C'était difficile. Ils étaient assez grands pour constater que leurs parents n'étaient plus là mais trop petits pour comprendre ce qui s'était passé. Leurs pleurs quand ils les réclamaient me fendaient le cœur.

Rose posa une main sur le bras d'Alessandro.

— Oui, je comprends.

— Heureusement, Yiayia était là pour m'aider, et je la soutenais aussi. Nous nous réconfortions l'un l'autre. Tout le village nous a accompagnés en nous apportant régulièrement de la nourriture et des friandises. Ensuite, une fois qu'un lien a été créé entre les jumeaux et moi, nous avons pu parler de leurs parents, regarder des photos ensemble.

— Tu peux être fier de ce que tu as fait.

— Non, Rose, je ne suis pas fier. Parce que, le plus gros sacrifice, ce n'est pas moi qui l'ai fait.

En prononçant ces mots, il la regardait droit dans les yeux. Elle n'osait pas vraiment comprendre ce qu'ils signifiaient mais elle se garda de lui demander de préciser.

Le vin était délicieux. Il lui apportait une chaleur bienfaisante dans tout le corps. Dehors, la pluie s'était mise à tomber, mais, dans la grotte, ils étaient à l'abri, bien au chaud. C'était seulement le milieu de l'après-midi mais il faisait déjà presque aussi noir qu'après le coucher du soleil.

— Tu avais exploré cette grotte avec Théo ?

— Oui. Nous y avons trouvé des restes de la Seconde Guerre mondiale, des boîtes de conserve, des bouteilles vides...

— Tu t'intéresses toujours à l'histoire contemporaine et la politique ?

— Oui, bien que je n'aie pas pu en faire mon métier. Tu vois, je ne suis pas comme toi qui ne rêves que d'antiquités !

— Alors dis-moi à quelle époque tu aurais aimé vivre.

— Oh ! super question ! Voyons... Tout dépend si j'avais été un homme ou une femme, riche ou pauvre...

— J'ai l'impression de ne pas te prendre au dépourvu ?

Alessandro lui adressa le sourire qui la faisait fondre de tendresse. Elle l'adorait ! Jamais elle n'avait aimé un homme autant que celui-ci. C'était comme à Athènes autrefois, quand ils buvaient leur café grec en discutant presque toute la nuit.

— Et si tu devais revivre un moment de ta vie, lequel choisirais-tu ?

La réponse était toute prête.

— Ce serait la nuit qui a précédé le coup de téléphone de Yiayia qui m'annonçait la mort de Théo, déclara-t-il en faisant tourner son verre de vin entre ses doigts.

Rose suspendit sa respiration.

— Pourquoi ?

— Parce que j'appellerais Théo pour lui dire de ne pas prendre la route. Et s'il le faisait malgré tout, je resterais assez longtemps à Athènes pour t'expliquer les raisons de mon départ.

Alessandro avait parlé sur un ton si triste que la gorge de Rose se serra. Ses yeux commençaient à picoter. Sans doute la fumée du feu.

— Hélas, nous ne pouvons pas revenir en arrière.

— Je sais, reprit Alessandro, mais je me montrerais plus compréhensif. Je promets à partir de maintenant de ne plus te laisser en dehors de mes décisions.

Quelle étrange conversation, pensait Rose. Voilà qu'il parlait maintenant comme s'ils avaient un futur commun possible alors que tout prouvait que ce n'était pas envisageable.

— À ton retour à Paxos, tu as dû connaître des moments difficiles.

— Oui, mais, le plus dur, ça a été de te perdre.

Il se tourna vers elle, prit sa main dans les siennes. Encore une fois, le cœur de Rose s'affola. Elle se rapprocha de lui. Maintenant, ils étaient assis, épaule contre épaule. Comme aucun mot dans aucune langue ne pouvait exprimer ce qu'elle ressentait, elle se pencha et posa ses lèvres sur celles d'Alessandro.

Alors Alessandro n'hésita plus. Il l'entoura de ses bras, et le temps s'arrêta. Leurs langues se rencontrèrent, ivres du plaisir de se retrouver. Il laissa sa main glisser sous la bretelle du maillot de bain de Rose, caressa sa poitrine, sentit les pointes de ses seins dressées. Elle ne le repoussa pas. Elle le désirait.

Chacun retenait son souffle. Alors il attira Rose contre sa poitrine, et ils s'allongèrent tous les deux près du feu, jambes enlacées.

Le bonheur qu'Alessandro éprouvait à rester ainsi allongé à côté de Rose entrait en totale contradiction avec la nervosité qui commençait à le gagner.

*Tu ne peux pas retourner en arrière mais tu ne sais pas comment aller de l'avant.*

Il glissa les doigts dans la chevelure de Rose.

— Nous avons encore beaucoup de choses à nous dire.

Du doigt, il lui caressait la joue. Elle ferma les yeux.

Au bout d'un moment, elle murmura :

— Alessandro, j'ai envie de toi.

— Oh... moi aussi, Rose, j'ai envie de toi. Tellement fort !

Comme il l'embrassait dans le cou, elle frissonna.

— Tu as froid ?

— Non, ce n'est pas ce genre de frisson.

Alors il recommença à l'embrasser, en prenant tout son temps. Après tout, ils avaient toute la nuit devant eux.

— Tu sais, je ne t'ai pas amenée ici pour te séduire.

Elle se redressa, moqueuse.

— J'espère bien. Parce que, dans ce cas, tu aurais pu te soucier de m'amener dans un endroit équipé d'un lit confortable !

Alessandro tira son sac à dos jusqu'à lui et en sortit son portefeuille qui contenait un petit sachet de préservatif. Il avait fréquenté d'autres femmes, mais jamais il n'avait éprouvé ce qu'il ressentait pour Rose.

Sans qu'il le lui demande, elle avait retiré sa robe et son maillot de bain et elle s'offrait à lui, superbe et impudique. Tout à coup, il lui semblait qu'ils avaient à nouveau vingt ans. C'était étrange et délicieux.

Les yeux dans les yeux, il la pénétra lentement, avec toute la délicatesse du monde mais aussi une intensité telle que les larmes lui montèrent aux paupières. Sous lui, Rose était souple et douce. Ils prirent leur temps et, à chacun de ses cris d'extase, il la serra un peu plus fort jusqu'à ce qu'ils retombent, épuisés tous les deux.

Ce qu'ils venaient de faire n'était pas prévu. Pourtant, tout en sachant que cela ne ferait que compliquer la situation embrouillée dans laquelle ils évoluaient, ils l'avaient voulu tous les deux. Les sentiments et les désirs qu'ils avaient soigneusement refoulés pendant si longtemps étaient remontés en force.

Étaient-ils en train de vivre une nouvelle « amourette de vacances » ? Est-ce qu'il pouvait s'agir d'autre chose puisque dans quelques semaines Rose retournerait à sa vie londonienne alors qu'il resterait à Paxos ?

Brusquement, il lui sembla que les parois de la grotte se refermaient sur lui. Il étouffait. Il fallait qu'il sorte.

Délicatement, il se détacha de Rose.

— Avant qu'il fasse nuit noire, je vais jusqu'au bateau chercher quelques affaires dont nous pourrions avoir besoin cette nuit. Je n'en ai pas pour longtemps.

L'air frais lui fit du bien. La pluie continuait à tomber.

Il ne s'absenta pas longtemps mais il avait réfléchi en marchant vers le bateau. À son retour, il déballa une bâche, deux vieilles couvertures et des anoraks qu'il gardait toujours en cas d'avarie. C'était ce qu'il leur fallait ce soir car il avait compris que, s'il passait la nuit dans les bras de Rose, il préparait leur malheur à tous les deux.

Rose s'inquiéta en remarquant qu'il se tenait éloigné d'elle.

— Tu regrettes ce qui s'est passé ?

— Non.

— Alors pourquoi me parais-tu si lointain maintenant ?

— Parce que je crains que cela nous complique la vie.

Avoir fait l'amour ne les aidait pas à résoudre quoi que ce soit, au contraire.

Il étala la bâche sur le sol, puis une couverture.

— Si tout à l'heure nous nous mettons sagement l'un contre l'autre pour nous tenir chaud, tu crois que tu pourras dormir ?

Ils se regardaient, incertains, alors qu'une heure plus tôt ils étaient nus, sans la moindre gêne.

Rose hésitait.

Malgré sa décision, Alessandro ne savait plus que penser. Était-ce parce qu'elle était déçue qu'il lui propose seulement un chaste compagnonnage, ou parce qu'elle n'avait plus envie de se trouver proche de lui ?

# 11

Maintenant qu'ils étaient tous les deux assis près du feu, Rose se sentait très triste. C'était clair, faire l'amour avait été une erreur. Alessandro, plein de passion un instant plus tôt, paraissait maintenant prendre ses distances. Elle en souffrait plus qu'elle n'aurait jamais imaginé. Leurs retrouvailles sexuelles lui avaient rappelé tout ce qu'elle avait perdu : le plaisir d'être touchée, caressée comme jamais un autre homme n'avait su le faire.

Pour l'instant, elle s'appliquait à grignoter des olives avant de déposer les noyaux dans sa main. Cela avait au moins le mérite de lui éviter de croiser le regard d'Alessandro. Au lieu de les rapprocher, le moment d'intimité qu'ils avaient partagé les avait éloignés l'un de l'autre.

Au bout d'un moment, elle se tourna vers Alessandro.

— Ce que nous avons fait tout à l'heure, c'était juste une façon de passer le temps. Je ne veux pas d'une autre aventure d'un été avec toi. Et nous savons tous les deux qu'il ne peut pas s'agir d'autre chose.

— Je suis bien d'accord.

Sur ce, il s'allongea et tapota la couverture près de lui pour engager Rose à s'y installer aussi. Elle accepta cette invitation mais se tourna de l'autre côté. Alessandro l'entoura de ses bras pour la réchauffer. Ce geste purement bienveillant eut pour effet de réveiller le désir qu'elle avait de lui, aussitôt accompagné d'une violente culpabilité.

Mais, cette fois, Alessandro ne lui briserait pas le cœur parce qu'elle partirait la première.

Le lendemain, la matinée était déjà bien avancée quand Rose rejoignit le site de fouilles où ses collaborateurs travaillaient à dégager entièrement la plaque de pierre.

Ils avaient quitté Erimitirio au lever du soleil. La mer était calme, le ciel clair. Ils étaient restés silencieux pendant toute la traversée du retour. D'un commun accord, ils avaient convenu de ne pas refaire l'amour. Ils avaient passé la nuit, blottis l'un contre l'autre, tout habillés, et rien ne s'était passé. Rose n'avait presque pas dormi, trop blessée par la frustration.

Leurs projets de vie respectifs étant irrémédiablement incompatibles, c'était mieux comme ça. Elle, attachée aux traces d'Homère, lui, rivé à l'extension de son hôtel. Entre eux, les sujets de conversation anodins étaient considérablement restreints, et le gouffre qui les séparait ne faisait que s'agrandir. Ni l'un ni l'autre ne mettrait fin à ce qui donnait du sens à sa vie.

Avec un soupir résigné, elle attrapa sa truelle et se mit au travail.

Comme il s'approchait du site, Alessandro constata que les recherches s'étaient concentrées sur un tout petit espace.

Dès qu'elle l'aperçut, Rose s'approcha de lui en souriant, apparemment heureuse de le voir.

— Rose, je viens t'inviter à dîner ce soir. Et cette fois, pour changer, il y aura une table et des chaises !

— Viens voir ce que nous avons trouvé, fut la réponse qu'il n'attendait pas.

La déception mordit le cœur d'Alessandro. Le grand sourire qu'elle arborait n'était pas lié au plaisir de le revoir mais au bonheur d'avoir découvert quelque chose qui l'intéressait.

Rose exultait.

— Regarde, tu ne trouves pas ça fantastique ?

— Heu... qu'est-ce que c'est ?

— Probablement un mur. La pierre a été taillée, elle n'est pas placée ici au hasard puisqu'elle forme un angle droit.

Alessandro ne voyait que de la terre et de la poussière.

— Tu penses qu'il s'agit d'une maison ?

Conscient de son ignorance en matière d'archéologie et écrasé de chaleur, il attira Rose à l'ombre des oliviers, un peu à l'écart du reste de l'équipe.

— Peut-être, je ne sais pas encore. C'est trop petit pour être un palais.

— Bonne nouvelle ! s'exclama Alessandro. En tout cas, pour l'hôtel, pas pour toi.

Rose secoua la tête.

— Pas vraiment, parce qu'il s'agit sans doute d'une cavité qui conduit à un tombeau.

— Tu es sûre qu'il s'agit de pierres remontant à l'Antiquité ?

— Non, pas encore. C'est peut-être seulement un trou creusé pendant la dernière guerre pour cacher des armes ou des objets de valeur.

À ces mots, Alessandro reprit espoir. Si c'était le cas, le site serait vite libéré par les archéologues. Les travaux de l'hôtel pourraient commencer.

— Mais je pense que non, reprit Rose, implacable. Ces pierres me paraissent très vieilles.

Elle mit les mains dans les poches de sa salopette.

— Tu es venu m'inviter à dîner ?

— Oui.

— Impossible. Ce soir, toute mon équipe se retrouve chez Joe pour fêter notre découverte. Mais tu peux te joindre à nous si tu veux.

Alessandro considéra les visages des archéologues, las et rouges de coups de soleil. Non, il n'avait pas envie de passer sa soirée à les écouter discourir sur des tombes grecques et des vieux trésors. Même si cela lui permettait de passer la soirée avec Rose.

Il secoua la tête.

— Non, désolé. Passez une bonne soirée.

Alessandro était déçu, c'était clair pour Rose, mais il faudrait qu'il s'habitue. Il n'avait pas le choix. Point final.

Ce soir-là, elle demeura silencieuse mais attentive aux spéculations que faisait son équipe à propos de leur découverte. Elle avait envie de se joindre à leur enthousiasme et, en même temps, la perspective de devoir gérer la situation avec Alessandro l'inquiétait beaucoup. Leurs vies allaient se trouver plus intriquées que jamais.

En rentrant à l'hôtel, elle décida d'aller lui dire bonsoir et s'excuser d'avoir refusé son invitation. Elle ne le trouva pas dans son bureau mais rencontra Anastasia assise dans la cour, occupée à contempler les étoiles. Cette femme qui avait pourtant connu des moments si difficiles paraissait heureuse et paisible.

— Yiayia, je peux me joindre à vous un moment ?

— Avec plaisir !

Rose se laissa tomber sur la chaise voisine. Elle était épuisée, son dos et ses épaules lui faisaient mal. Elle espérait ne plus avoir à travailler quatorze heures par jour avant de découvrir quelque chose.

La vieille femme se tourna vers son invitée.

— Rose, j'aimerais savoir pourquoi tu es si acharnée à chercher une chose dont tu ne sais même pas si elle existe ?

Rose haussa les épaules.

— Je veux savoir. Savoir si mon intuition est juste ou pas.

— Tu es sûre que cette obstination ne te fait pas perdre ce que tu possèdes déjà ?

Inutile de jouer au plus fin. Yiayia avait tout compris.

— Vous voulez parler de ma relation avec Alessandro ?

— Je veux seulement te conseiller de vivre au présent, pas seulement dans le passé.

— Il se trouve que le passé me réconforte. Les histoires que content les mythes ne sont pas réelles mais elles me font du bien. Elles me donnent des leçons de courage, j'y apprends qu'on peut surmonter l'adversité. Ça m'est égal que l'histoire d'Ulysse qui a mis vingt ans pour rentrer chez lui ne soit pas vraie, je la trouve magnifique. Elle m'inspire.

Elle l'avait aussi beaucoup aidée puisque, pendant des années, elle avait imaginé que son père était lui aussi retenu prisonnier par des ennemis, des naufrages, des batailles, des tempêtes, et qu'un jour il reviendrait.

Il n'était jamais revenu, mais ces rêveries lui avaient permis de le supporter.

— Engoni, murmura Anastasia.

Rose connaissait suffisamment de grec moderne pour comprendre. La vieille femme venait de l'appeler « ma petite-fille ».

— La charmante petite Rose est venue te dire bonsoir, hier, mais tu avais disparu...

Alessandro était parti marcher. Seul. Il avait eu besoin de se mettre en retrait pour réfléchir. Rose ne voulait plus faire l'amour avec lui alors qu'il ne rêvait que de la serrer dans ses bras. Du côté professionnel aussi, la situation empirait. Demetri l'avait appelé à maintes reprises, lui laissant des messages comminatoires. Là-dessus, Rose avait découvert cette pierre. Elle avait refusé de dîner avec lui la veille, et pourtant elle était passée lui dire bonsoir. Il regrettait maintenant de s'être absenté aussi longtemps.

Dans l'après-midi, il retourna sur le site, bien décidé à rester maître de ses émotions, quoi qu'il arrive.

Tout de suite, le grand chapeau blanc de Rose attira son regard. Une petite silhouette se tenait à côté d'elle. Ana. Elle lui fit un grand signe de la main.

Il s'approcha à grands pas, mécontent.

— Ana, qu'est-ce que tu fais ici ?

— J'aide Rose, oncle Ali.

— C'est toi, Rose qui as eu l'idée de faire venir Ana sur le site ?

— Pas du tout, coupa Ana, c'est moi. Ça fait des jours que je lui demande la permission de venir, et aujourd'hui elle a accepté.

Alessandro s'adressa à Rose sur un ton ferme.

— Rose, il faut que je te parle.

Une fois à l'écart, il renouvela sa question.

— Ana t'a dit la vérité, répondit Rose simplement. Depuis le temps qu'elle me le demande, j'ai fini par l'inviter à nous rejoindre. Nous avons toujours besoin de bras pour creuser ou transporter la terre.

— Je suis son père, tu aurais dû me demander l'autorisation ! Elle risque de se blesser.

— Pas du tout. Elle ne court aucun risque à porter des seaux de terre, et je sais très bien que tu es son père.

— Elle est encore une enfant, bien trop jeune pour travailler, protesta Alessandro avec véhémence.

— Réfléchis deux minutes et dis-moi honnêtement ce qui te contrarie. Ana ne fait rien de dangereux, elle adore nous aider, alors ?

Rose avait raison. C'était bien mieux pour Ana d'aider au chantier plutôt que de regarder n'importe quelle bêtise sur son téléphone.

— Tu aurais quand même dû me demander l'autorisation.

— Elle a seize ans, Alessandro. Tu ne lui rends pas service en la surprotégeant.

Rose sortit une bouteille d'eau d'une glacière portative et la lui tendit. Alessandro but avidement. Il faisait chaud. Il s'énervait trop vite.

— Je dois ajouter, poursuivit Rose, que Lucas et quelques-uns de ses copains ont aussi proposé leurs services.

Là, Rose dépassait les bornes !

*Tu ne peux pas avancer mais tu ne peux pas revenir en arrière.*

— L'hôtel que je veux construire est leur avenir ! Je ne fais que ce que leur père voulait.

Impassible, Rose le dévisageait.

— Et toi, Alessandro, qu'est-ce que tu veux ?

La seule réponse qu'il aurait pu lui faire devait rester secrète.

*Je te veux toi.*

*Toi, pour le restant de ma vie.*

Mais c'était impossible. Impossible à jamais.

Le temps changeait. Le mois de septembre avait laissé place au mois d'octobre. Il faisait moins chaud. Rose avait le cœur lourd car la fin de sa mission approchait. Chaque jour, elle s'attendait à recevoir un appel du musée d'Athènes. Dans moins d'une semaine, elle devrait partir.

L'équipe était au complet sur le terrain, aidée d'Ana qui transportait les seaux de terre soigneusement étiquetés. Ils continuaient à creuser. Sans savoir s'ils découvriraient quelque chose ou rien du tout.

En fin de matinée, Lucas vint leur apporter de l'eau fraîche et des sandwichs.

— Ton oncle sait que tu es ici ?

Lucas haussa les épaules d'un air effronté, un peu comme le faisait parfois Alessandro.

— Tout le monde est bien tranquille aujourd'hui, remarqua Ana.

— Oui. Nous devons partir la semaine prochaine.

— Même toi ? demanda la jeune fille, visiblement attristée.

— Oui, certainement.

— Mais si tu trouves quelque chose, tu vas rester ?

— Encore quelque temps, sans doute.

— Alors il faut que tu fasses vite une découverte sensationnelle !

— Merci, Ana. Tu es gentille.

— Oncle Ali serait bien content que tu restes.

— Oh ! non, je ne crois pas !

— Son obsession pour l'hôtel finira bien par lui passer.

— Ça m'étonnerait. Il considère que c'est votre avenir, votre héritage, comme le souhaitait votre père.

— Mais je n'en veux pas de cet hôtel ! se récria Ana. Moi, je veux être libre, comme toi.

Rose eut un petit rire forcé. Libre ? Elle ne l'était pas.

Jamais elle ne s'était sentie aussi bien qu'à Paxos, le reste du monde avait perdu tout son charme. Partir serait un véritable crève-cœur.

— Tu sais, Ana, Alessandro est content que Lucas s'intéresse à l'hôtel. Il prendra probablement la suite et, toi, tu feras ce que tu voudras.

Cette réponse parut rassurer la jeune fille.

— Tu aimerais avoir des enfants ? demanda-t-elle à brûle-pourpoint.

La question surprit Rose. Quand on la lui posait, elle avait l'habitude de répondre d'une voix assurée :

— Non. Ce n'est pas dans mes plans. Mes missions aux quatre coins du monde m'empêcheraient de m'occuper d'eux convenablement. Un enfant a besoin de ses parents.

Évidemment, ce n'était pas la réponse à faire à une jeune fille qui avait accidentellement perdu les siens si jeune.

— Je ne sais pas, répondit-elle en toute sincérité.

Cette réponse ambiguë parut satisfaire Ana qui repartit retrouver ses seaux de terre, le sourire aux lèvres. Rose retourna à sa place avec moins d'enthousiasme. Elle avait rêvé de parcourir le monde, libre de toute attache, sans posséder quoi que ce soit, même pas une maison. On n'emmène pas un enfant dans son sac à dos.

Et pourquoi n'aurait-elle pas une maison ?

*Tu n'en as pas ! Arrête de rêver et creuse !*

Elle était penchée à quatre pattes avec Gabriel dans le creux que formaient les deux grandes plaques de pierre, écartant la terre avec le plus grand soin, lorsque Gabriel poussa un grand cri. En regardant par-dessus son épaule, elle aperçut quelque chose de vert.

Du bronze ! Ils avaient trouvé du bronze.

# 12

Dans ses mains tremblantes, elle tenait un pendentif vieux de trois mille ans. Le bronze aperçu était en fait une protection qui, une fois retirée, avait laissé apparaître ce qu'elle cachait : un pendentif en or, décoré d'une silhouette de dauphin. Peut-être une partie du trésor d'Ulysse ? Peu importait.

Dix ans de travail, quinze ans d'études, vingt-cinq ans de rêves... et elle était là, cette découverte d'une vie !

Gabriel lui tendit le sac en plastique dans lequel elle glissa le pendentif à regret. Il fallait sécuriser le site, informer le musée...

— Ana, ne dis rien à personne, surtout pas à ton oncle. Tant que je n'en sais pas davantage et que nous n'avons pas prévenu le musée, il vaut mieux garder le secret.

— Mmm..., déclara Gabriel, je crois que ce sera difficile.

En levant le visage vers la colline, Rose aperçut la silhouette d'Alessandro qui descendait vers eux.

Lucas était passé tout à l'heure à son bureau lui annoncer qu'ils avaient trouvé du bronze. Mais, sur le site, il était question d'or. Le regard de Rose étincelait.

— Je peux te parler un instant ? demanda-t-il.

Ils s'écartèrent du groupe de chercheurs où l'excitation était à son comble.

— Il paraît que vous avez trouvé de l'or ? Ancien ?

Alessandro savait que toute pièce remontant à plus de cinq cents ans était propriété de l'État. Le ministère de la Culture allait immanquablement ordonner que le site soit protégé.

— Oui.

— Je suis heureux pour toi. Sincèrement.

Un peu plus loin, Ana et Lucas trépignaient de joie. Rose était radieuse. Cette découverte rendait beaucoup de gens heureux, c'était évident. Mais lui ? Il allait devoir annuler le constructeur, prévenir la banque...

— Attends un jour ou deux avant d'avertir tout le monde pour me permettre d'obtenir des gardes qui assureront la sécurité.

— Des gardes ?

— Bien sûr. Il y a de l'or là-dessous, Alessandro. Les nouvelles circulent vite, il faut protéger le site des pilleurs.

— Qu'est-ce que tu comptes faire ?

— En attendant du renfort d'Athènes, je vais rester ici monter la garde.

— Toute la nuit ? Toute seule ?

— Gabriel restera avec moi.

— Non, c'est moi qui resterai. C'est de mon île qu'il s'agit.

Si Rose avait décidé de veiller son trésor enfoui, il la seconderait.

# 13

Par chance, la nuit était calme. Ils avaient constitué des équipes qui se relayeraient afin de ne pas laisser le site sans surveillance. Gabriel et un autre collaborateur commencèrent pendant que Rose et Alessandro allaient dîner et se reposer. Cela fait, ils prirent leur suite.

Passer la nuit au clair de lune avec Alessandro à cette occasion n'était sans doute pas la meilleure idée du monde mais Rose se gardait bien de montrer sa déception. Elle aurait aimé passer son bras autour de ses épaules, mais elle avait l'intuition que cela le contrarierait au moins autant que la découverte du pendentif.

Heureusement, il avait apporté une bouteille thermos de café bien chaud. Assis sur des chaises de camp, ils le savourèrent sans parler jusqu'à ce que le silence devienne inconfortable.

— C'est vraiment sympa de veiller avec moi, dit Rose après avoir vidé sa tasse. Je sais que la situation n'est pas facile pour toi et j'apprécie d'autant plus ta collaboration.

— Je n'ai pas plus envie que toi que le site soit pillé !

Il se pencha sur le sac posé à ses pieds.

— Tiens, j'ai apporté des couvertures.

— Ah, bonne idée. Il fait frais maintenant.

Évidemment, tout cela lui rappelait la nuit qu'ils avaient passée ensemble dans la grotte d'Erimitirio.

Il lui adressa le même petit sourire qu'avait eu Lucas un peu plus tôt. Le sourire de la famille Andino. Cela donna envie à Rose d'en savoir un peu plus sur Théo.

— Si tu me parlais de ton frère ? Qu'est-ce que tu éprouvais pour lui ?

— Théo excellait en tout. J'aurais pu le jalouser et le détester. Au contraire, j'avais pour lui une véritable adoration. À trente ans, il avait déjà brillamment réussi dans les affaires, un peu comme s'il avait pressenti qu'il ne vivrait pas longtemps. J'avais envie de devenir comme lui, de réussir comme lui, mais je n'y arrivais pas.

Rose se mit à rire.

— C'est-à-dire ?

— Il était un grand sportif et un skipper de premier ordre.

— Toi aussi !

— Il menait la chaîne d'hôtels de main de maître.

— Tu fais la même chose. Depuis que tu t'en occupes, elle n'a cessé de prospérer.

— Qui t'a dit ça ? Google ?

— Oui. Mais aussi Yiayia, Ana, Lucas et plein de gens de Ninos. Pourquoi tu ne le crois pas ?

— Parce qu'il était meilleur que moi. Il était doué pour tout.

— Je te trouve bien sévère avec toi-même.

Alessandro posa son front sur ses mains.

— J'ai toujours fait de mon mieux mais, aux yeux de mon père, ce n'était jamais suffisant. Il me conseillait toujours de ressembler à Théo. Je n'envisageais même pas de m'occuper des affaires de la famille tant il y réussissait tout seul.

— C'est pour ça que tu t'es lancé dans des études de journalisme et de politique ? Parce que ta famille te donnait l'impression que tu n'étais pas à la hauteur ? Ou bien parce que cela te plaisait ?

— Peut-être un peu des deux.

— Alessandro, arrête de te comparer à Théo. Il serait fier de toi, de tout ce que tu as réussi. Et, surtout, il serait éperdu de reconnaissance en voyant comme tu as su t'occuper de ses enfants. Ton père se trompait complètement sur ton compte.

— Mais non.

— Même en ce moment où je contrecarre tes projets, il ne pourrait que te féliciter de l'hospitalité et de l'équanimité avec lesquelles tu me traites.

Alessandro hochait la tête, dubitatif.

— Je te jure que tu es à la hauteur, Alessandro. Tu peux me croire.

Ils demeurèrent silencieux un certain temps. La lune montait dans le ciel, l'air se faisait de plus en plus frais. À un moment donné, Alessandro consulta son téléphone qui avait dû vibrer dans sa poche.

— Je viens de recevoir un message du constructeur. Il a entendu parler de ta découverte.

— Non !

— Si. Les nouvelles se propagent vite.

— Qu'est-ce que tu leur as dit ?

— Comme tu me l'as conseillé, je n'ai rien confirmé. En tout cas, tu as bien raison d'avoir demandé des gardiens pour assurer la sécurité.

Il regarda Rose un instant avant de poursuivre.

— Tu sais ce qu'il m'a proposé ?

— Pas du tout.

— Il était prêt à venir au milieu de la nuit avec sa pelle mécanique pour tout nettoyer !

— Tu plaisantes ?

— Non. Je lui ai conseillé d'oublier ça tout de suite car nous avions de solides gardiens sur le site.

Rose se mit à rire. En fait de « solides gardiens », Alessandro et elle-même ne faisaient pas vraiment le poids.

— Ce doit être difficile pour toi. Je sais que ce n'est pas ce que tu souhaitais.

Il haussa les épaules, puis se passa la main dans les cheveux avec un soupir. Rose aurait aimé le rassurer, le prendre dans ses bras, le consoler. L'aimer. C'était impossible.

— Essaie de dormir un peu, lui conseilla-t-il. Une grosse journée t'attend demain.

— Et toi ? Tu n'as pas sommeil ?

— Je vais tenir le rôle du « solide gardien ».

Rose lui adressa un sourire mi-triste, mi-amusé.

— Ne vole pas le trésor !

— Tu peux compter sur moi pour le défendre au péril de ma vie.

Elle avait envie de l'embrasser.

Et pourtant, ironiquement, maintenant qu'elle savait que son séjour à Paxos allait se prolonger, ils pouvaient moins que jamais envisager de rester ensemble. Alessandro la traitait froidement, encore plus que le premier jour quand il avait essayé de la persuader de partir.

Le destin était pervers. Toute chance de voir leurs projets devenir compatibles venait de s'évanouir alors qu'elle allait rester à Paxos. Pire encore, qu'elle avait envie d'y rester. Ana avait raison. Cette découverte était trop importante pour qu'elle la confie à un autre chercheur. Elle tenait à voir elle-même tout ce qui serait découvert, à analyser chaque pièce et à veiller à ce qu'elle soit mise en sécurité dans un musée. Pour cela, il faudrait des mois. Peut-être des années.

Alessandro serait là, lui aussi.

Hier encore, la possibilité d'une découverte lui mettait la joie au cœur. Et aujourd'hui ? Ce rêve était devenu réalité mais le quotidien se révélait bien plus compliqué qu'elle ne l'avait envisagé. Par quoi allait-elle commencer ?

Avec la perspective de rester encore plusieurs semaines, peut-être même des mois, si elle voulait mettre son cœur à l'abri, l'urgence était de se créer un espace de vie loin d'Alessandro. Mais il fallait aussi prévenir Athènes, remplir des dossiers pour demander des crédits supplémentaires, organiser l'accueil de l'équipe de renfort. Rester davantage hébergée chez Alessandro était devenu impossible. Sans compter que lui-même ne serait sûrement pas très heureux de côtoyer quotidiennement la personne qui réduisait son rêve d'extension de l'hôtel à néant.

*De toute façon, c'est toujours mieux de partir la première, ça fait moins mal au cœur.*

Lorsqu'elle fit part de sa décision à Alessandro, la réaction de ce dernier fut immédiate.

— C'est à cause de moi ?

Rose hésita un instant, puis décida de se montrer honnête.

— Disons que... j'ai l'impression que j'abuserais de ton hospitalité.

*Et la certitude d'être incapable de supporter une nouvelle rupture si nous laissons notre relation se renouer.*

— Et je suis sûre que ça nous ferait du mal à tous les deux.

— Tu as sans doute raison.

Il était d'accord. Il acceptait sa proposition. Alors pourquoi Rose eut-elle à ce moment-là l'impression que la terre se dérobait sous ses pieds ?

Leur garde nocturne devait se prolonger encore plusieurs heures. Rose se leva pour se dégourdir les jambes, puis revint s'asseoir près d'Alessandro qui continuait à consulter son téléphone.

Elle avait dû s'assoupir car un froissement de broussailles la fit sursauter. Probablement une chèvre égarée.

Au petit matin, comme la noirceur de la nuit quittait le ciel qui virait au rose, l'équipe vint reprendre son poste et Alessandro rentra chez lui.

En arrivant dans la cuisine, raide et courbaturé, il trouva Yiayia occupée à préparer le café et Ana plongée dans un gros livre. Elle leva le nez vers lui.

— Tu savais qu'on ignore où Ulysse est mort ?

Lucas qui consultait son ordinateur intervint à son tour :

— Tout le monde parle de la découverte de Rose !

— Lucas, qui c'est « tout le monde » ? Qui est au courant de la découverte faite par Rose ?

— Tout le monde, oncle Ali ! À l'école on ne parle que de ça.

Bon, ce n'était pas encore passé au niveau international.

Maintenant, il fallait prévenir sa famille que Rose allait déménager.

— Yiayia, Rose m'a dit qu'elle allait quitter sa chambre ici.

— Elle s'installe avec toi ? demanda aussitôt Ana, l'œil brillant.

— Ana, se récria Alessandro sur un ton de reproche, occupe-toi de tes affaires !

— Rose est mon amie, j'ai le droit de savoir où elle va.

— Elle retourne sans doute chez Myra, répondit Alessandro.

— Vous vous êtes disputés ? insista Ana. Il faut que tu lui demandes de rester ici !

— Arrête d'inventer des histoires, Ana. Comme son

séjour se prolonge, elle ne veut pas abuser de notre hospitalité, voilà tout.

— Elle devrait rester avec toi, s'entêta Ana. Je sais que tu l'aimes bien.

Alessandro n'avait plus la force de se défendre.

— Nous sommes amis, c'est vrai.

— Et moi, je l'adore ! s'écria Ana. Je veux faire le même métier qu'elle.

Alessandro serra les dents. Tout allait de travers. Il n'était pas prévu qu'Ana s'attache à Rose. Le fait que Rose quitte leur maison n'aurait pas dû la contrarier.

Mais la jeune fille avait de la suite dans les idées.

— Je sais que tu lui en veux parce que tu ne peux pas construire l'hôtel que papa avait prévu. Mais c'était le rêve de notre père, pas le mien, ni celui de Lucas. Et je suis sûre que ce n'est pas le tien non plus ! Toi, tu voudrais...

Yiayia leva la main pour l'interrompre.

— Ça suffit, Ana, laisse ton oncle tranquille et file t'habiller.

Alessandro demeurait coi. Jamais sa nièce ne lui avait parlé sur ce ton.

— Ana, tu pourras continuer à voir Rose chez Myra.

*C'est seulement moi qu'elle ne veut plus voir.*

Les grands yeux sombres d'Ana le fixaient, mais c'est Lucas qui intervint.

— Nous n'avons pas connu nos parents, oncle Ali. Tu es le seul parent qui nous reste, et nous, on veut que tu sois heureux, déclara-t-il sur le ton d'un vieux sage.

— Nous, on s'en fiche de l'hôtel ! reprit Ana.

Ce n'était pas la première fois que les deux enfants se liguaient contre lui. Alessandro était pourtant persuadé que plus tard, malgré ce qu'ils affirmaient maintenant, ils regretteraient de ne pas disposer de leur héritage familial.

Il fit un effort pour parler calmement.

— Je regrette que Rose s'en aille, mais c'est bien mieux comme ça.

— Mieux pour qui ?

Cette fois, ce n'était pas l'un des jumeaux qui posait la question. C'était Yiayia elle-même.

# 14

Malgré le manque de sommeil, Rose passa la journée suivante dans un grand état d'excitation. Deux tasses en argent avaient été ramenées au jour. Chacun sur le site était carrément euphorique. Le ministère de la Culture avait déjà dépêché deux gardiens dont l'arrivée était prévue en fin de journée.

Lorsqu'elle regagna sa chambre le soir, Rose était épuisée, prête à dormir une semaine entière mais elle préférait déménager tout de suite. Elle rassembla rapidement ses affaires, puis, tout en espérant ne pas rencontrer Alessandro, elle partit vers la cuisine dire au revoir à Ana, Lucas et Anastasia.

— Ne pars pas ! supplia Ana. C'est à cause de mon imbécile d'oncle ? Il a été désagréable avec toi ?

— Pas du tout.

— Alors c'est à cause de nous que tu pars ? demanda Lucas.

Cette question fit beaucoup de peine à Rose.

— Mais non ! J'ai adoré rester chez vous mais je ne veux pas abuser de votre hospitalité. Je ne pars pas loin, vous pourrez venir me voir quand vous voudrez, sur le site ou chez Myra.

Un peu plus tard, en attendant le car qui l'amènerait au village, elle se reprocha de ne pas être restée pour les jumeaux qui paraissaient tellement attachés à elle. Mais, même si elle en était très peinée, elle avait fait le bon choix.

Puis, elle pensa à son père qui était parti sans rien dire, sans chercher à garder le contact avec elle ? C'était peut-être parce que cela lui faisait trop de peine ? Dans le fond, peut-être qu'il l'aimait ?

# 15

Cette fois, Alessandro était bien décidé à ne pas reproduire la même erreur que quatorze ans plus tôt. Il avait beaucoup de décisions à prendre mais il ne ferait rien sans en avoir d'abord parlé avec Rose.

Dès qu'il arriva sur le site, son regard fut comme d'habitude attiré par le chapeau blanc de Rose qui se tenait debout à côté de Gabriel et d'une autre femme, penchée sur un objet qu'elle tenait dans la main.

Un trésor de plus.

Cette fois pourtant, ce n'est pas la contrariété qui l'envahit mais au contraire une joie profonde. Lorsque Gabriel l'aperçut, il donna un coup de coude à Rose qui lui remit l'objet avant de venir vers lui d'un pas lourd.

Une fois arrivée à sa hauteur, elle retira son chapeau et essuya la transpiration de son front avec la manche de sa chemise, surprise de découvrir le visage souriant d'Alessandro.

— Bonjour, Rose. Comment se passent les fouilles aujourd'hui ? Mets-moi au courant de vos dernières découvertes.

— Alessandro, arrête de faire des efforts. Je sais que tout cela te contrarie.

Un pli soucieux lui barrait le front.

Alessandro ne s'en inquiéta pas, persuadé qu'il avait trouvé le moyen de le faire disparaître. L'idée lui était venue au cours de la nuit qu'il avait passée avec Rose à monter la garde sur le site, quand il avait compris que d'autres découvertes ne manqueraient pas d'y être faites.

La conversation qu'il venait d'avoir avec sa famille lui avait permis de comprendre qu'il serait toujours aimé même s'il ne satisfaisait pas le désir de Théo. Sa décision ne serait pas facile à mettre en place, mais il y arriverait. Il était prêt à rencontrer le constructeur et les architectes, à écrire à l'administration, à accomplir toutes les démarches nécessaires. Tout cela finirait par se régler. L'essentiel était ce qu'il venait annoncer à Rose.

— Rose, j'ai renoncé à la construction de l'hôtel.

Rose blêmit.

— À... à cause de moi ?

— Oui.

— Je... je suis...

Alessandro ne la laissa pas bafouiller plus longtemps.

— Je vais t'expliquer pourquoi.

Il parlait d'un ton calme qui n'était pas sans surprendre Rose.

— Je t'écoute.

— Au lieu de construire un hôtel, je vais construire un musée dans lequel seront exposés tous les objets que tu trouveras. Il racontera l'histoire de Paxos et de la mer Ionienne.

Rose le regardait comme s'il était devenu fou.

Et il l'était un peu, à vrai dire. Il n'était plus le même homme depuis qu'il avait pris cette décision. Plus exactement, il était devenu vraiment lui-même.

— Cette idée est toute neuve mais, avant de lancer quoi que ce soit, je tenais d'abord à t'en parler.

Rose était devenue rouge écarlate. Bouche bée, elle demeurait muette.

— Mais... ce n'est pas possible ! lança-t-elle enfin. Tu n'obtiendras pas l'autorisation de construire ici, même s'il s'agit d'un musée. Les fouilles vont continuer. Elles risquent de durer longtemps.

Les yeux fermés, elle s'efforçait de reprendre son souffle.

Au bout d'un moment, elle posa la main sur le bras d'Alessandro.

— C'est une idée merveilleuse mais, malheureusement, elle est irréalisable.

Alessandro continuait à sourire.

— J'ai pensé à tout cela.

Il se tourna vers le terrain qui se trouvait de l'autre côté de la petite route, dont il lui avait dit qu'il ne pouvait pas convenir pour la construction de l'hôtel.

— Ce terrain-là n'offre pas de vue sur la mer, il était trop petit pour l'extension que je souhaitais créer. En revanche, il sera parfait pour les débuts du musée.

Incrédule, Rose secouait la tête.

— Ce n'est pas possible. Tout cela demanderait beaucoup de temps.

— Pour commencer, ce ne serait pas un vrai musée, plutôt un bâtiment simple où tu pourrais mettre tes découvertes à l'abri et en sécurité, où tu pourrais installer tes bureaux. Mon ami architecte est d'accord pour nous proposer un plan.

— Tu es déjà en contact avec un architecte ?

— Oui. Comme je ne voulais pas te donner de faux espoirs, j'ai voulu m'assurer que c'était faisable avant de t'en parler mais je n'ai encore pris aucune décision.

Rose n'en croyait pas ses oreilles.

— Tu es sérieux ?

— Très sérieux. Je n'ai jamais été aussi sérieux de ma vie.

Il prit la main de Rose dans les siennes. Elle tremblait.

— Pourquoi tout ça ? demanda-t-elle d'une toute petite voix.

— Parce que j'ai changé. J'ai compris que j'étais devenu obsessionnel à propos du rêve de Théo pour ses enfants. Je ne leur avais même pas demandé si cela les intéressait. Il me semblait que je faisais le mieux possible en respectant le désir de leur père mais je me trompais. Le mieux que je puisse faire, c'est de tenir compte de leurs aspirations à eux.

— Je n'ai pas connu Théo ni Arianna, mais je pense qu'étant donné la situation ils seraient d'accord avec ton nouveau projet.

— C'est ce que m'ont dit les enfants ce matin quand je leur ai parlé de cette idée.

Rose lui jeta un regard médusé.

— Tu leur en as déjà parlé aussi ?

— Oui. Je voulais être sûr d'avoir leur accord.

Après s'être éventée avec son chapeau, Rose le remit sur sa tête, encore stupéfaite par la nouvelle.

— Tu sais qu'ils t'adorent ? reprit Alessandro.

— Moi aussi, je les aime beaucoup tous les deux.

Alessandro recula d'un pas, inspira profondément. Il avait besoin de courage pour continuer.

— J'ai encore autre chose à te dire.

— Oui ?

— Eh bien, j'aimerais que tu m'aides avec le musée.

Rose eut un petit rire désolé.

— Mais je ne connais rien en architecture !

— Il n'est pas question de cela. Je veux dire... que tu m'aides ensuite, quand il sera construit. Que tu t'occupes d'en gérer les collections.

Rose retenait son souffle.

— J'aimerais que tu restes.

— Ici ?

— Oui, ici, avec moi. J'ai mis beaucoup de temps avant de comprendre que tes découvertes sont une chance fantastique pour l'île. Elles attireront les touristes encore plus qu'un hôtel. J'aimerais que tu acceptes la responsabilité du musée une fois que les fouilles seront terminées.

Le sourire qui se dessinait lentement sur le visage de Rose encouragea Alessandro à poursuivre.

— Ce ne sera pas un musée très important mais tu le gérerais à ton idée. Tu serais complètement libre de l'organiser et, bien sûr, de diriger les fouilles aussi longtemps que ce sera nécessaire.

Rose se retourna vers le site, comme si c'était là que se trouvait la réponse.

Alessandro aurait préféré qu'elle se tourne vers lui. Pourquoi mettait-elle autant de temps à répondre ?

Au bout d'un moment, elle lui fit face à nouveau.

— Et si je ne reste pas, qu'en sera-t-il du musée ?

— Je le construirai de toute façon, mais j'aimerais que ce soit toi qui en prennes la responsabilité.

— Pourquoi, Alessandro ?

— Parce que... parce que je t'aime, Rose. Ne pars pas ! Je veux que tu restes avec moi.

Rose demeurait immobile, sans réaction. Comme si elle n'avait pas entendu. En silence, Alessandro bouillonnait intérieurement.

— Ce n'est pas simple pour moi. Il faut que je quitte Londres. Que j'abandonne ma carrière à l'université.

— Je sais que je te demande beaucoup. Mais j'espère te le rendre au centuple. Je ferai tout mon possible pour y arriver. Rose, jamais personne ne m'a fait éprouver ce que je ressens quand je suis avec toi.

Maintenant, les mots coulaient de source, comme s'ils avaient toujours été là, prêts à sortir le moment venu.

— Je t'aime, Rose. Je t'ai toujours aimée. Je te jure que plus jamais, au grand jamais, je ne t'abandonnerai.

Rose couvrit son visage de ses mains. Était-ce de joie ou de tristesse ?

— Je… je ne sais pas, Alessandro.

— Tu ne sais pas si tu m'aimes ou si tu restes à Paxos ?

— Excuse-moi, j'ai besoin de temps pour réfléchir à tout cela.

Alessandro ravala sa déception. Pourquoi n'était-elle pas capable de lui répondre tout de suite ?

Et puis il réalisa qu'il lui avait fallu des semaines pour comprendre qu'il était amoureux d'elle. Il lui avait même fallu quatorze ans pour accepter que le but de sa vie ne consistait pas à accomplir le souhait de son frère.

Parce que, jusqu'à maintenant, il s'était efforcé de remplacer Théo. D'être Théo. Ce n'est certainement pas ce que Théo attendait de lui. Théo l'aimait, il l'avait prouvé en risquant sa propre vie pour venir au secours du gamin inconscient qui avait présumé de ses forces en nageant trop loin. Théo voulait son bonheur.

Cette réflexion le rendit plus compréhensif envers les hésitations de Rose. Elle avait ses propres contraintes, ses propres soucis. Il devait les respecter.

Enfin, elle écarta les mains de son visage.

— J'ai besoin d'un peu de temps pour réfléchir. Ce que tu me proposes est énorme ! Tu me permets de dormir dessus ? Il paraît que la nuit porte conseil.

Alessandro cacha sa déception du mieux qu'il put.

Il n'avait pas le choix. Il devait attendre le lendemain.

En redescendant vers son poste, Rose avait l'impression de flotter. Elle se sentait dans un état bizarre, son cœur battait trop vite, ses jambes picotaient. Alessandro l'aimait. Il voulait qu'elle reste. Il allait construire un musée. C'était trop de choses d'un coup. Trop de nouveautés à assimiler. Elle avait besoin de temps. De combien de temps ? Elle ne savait pas.

Elle s'agenouilla à la place qu'elle occupait avant l'arrivée d'Alessandro, reprit sa balayette, et brusquement elle se sentit incapable de reprendre son travail. Alessandro venait de lui dire qu'il l'aimait, il lui offrait un musée, et elle l'avait renvoyé sans lui répondre ? Elle se retourna vers la colline. Il avait disparu. Est-ce qu'elle devait lui courir après ?

Si elle le faisait, que lui dirait-elle ? Était-elle décidée à rester ici ? À passer sa vie avec lui ?

Gabriel s'approcha d'elle.

— Est-ce qu'Alessandro est venu pour te persuader encore une fois de renoncer ?

Elle secoua la tête. Heureusement, Gabriel ne posa pas d'autre question car, trop occupée à se demander si elle devait courir pour rattraper Alessandro et se jeter dans ses bras, elle n'était pas prête à lui parler du projet de musée.

Est-ce que ce musée n'était pas juste un château en Espagne ? Non, il s'était renseigné. Il avait déjà fait des démarches. Il y croyait.

*Il croit en moi aussi.*

Elle avait envie de rire et de pleurer en même temps. Continuer à travailler sur le site la comblerait de joie, elle en était sûre et certaine, mais le reste ? Laisser Alessandro s'installer dans sa vie ? Elle ne savait pas. Elle était perdue. Elle continua à épousseter la terre et, peu à peu, elle sentit son cœur s'apaiser.

Si elle restait à Paxos avec Alessandro, ils auraient la vie qu'ils avaient souhaité mener quand ils avaient vingt ans.

Elle aurait une famille. Car rester signifiait aussi rester avec Lucas et Ana. Et cela lui plaisait. Ses hésitations n'étaient pas liées à leur présence. Mais alors...

Elle se releva brusquement.

— Ça va ? lui demanda Gabriel, surpris par ce mouvement brusque.

— Oui, ça va, sauf que je suis la reine des idiotes ! dit-elle en jetant sa brosse dans la poussière.

Elle était inondée de transpiration, haletante au point de ne pas pouvoir l'appeler quand elle l'aperçut devant elle.

— Alessandro !

Il s'arrêta d'avancer mais ne se retourna pas.

— Alessandro !

Cette fois, il fit volte-face avant de commencer lentement à descendre vers elle, d'un pas lourd, le visage impénétrable.

Elle courut encore plus vite et le rejoignit à mi-chemin.

— J'ai réfléchi.

— Tu as eu vite fait !

— Non, je suis désolée que cela m'ait pris autant de temps.

Elle fit un nouveau pas dans sa direction et se jeta dans ses bras.

Il la serra contre lui, encore pantelante de sa course. Au bout d'un moment, elle leva le visage vers lui et, à l'éclat de son sourire, il comprit que la réponse était « oui ». Alors elle ferma les yeux, et leurs lèvres se rencontrèrent pour le plus tendre et le plus prometteur des baisers.

— Je t'aime, Alessandro.

Il la serra encore plus fort.

— Moi aussi, je t'aime, Rose.

Au bout d'un moment, il l'écarta un peu de lui pour la regarder dans les yeux.

— Tu veux retourner travailler ?

Elle éclata de rire.

— Oui, mais pas tout de suite. Ce qui se trouve enterré ici a attendu des milliers d'années pour voir le jour. Ça peut attendre vingt-quatre heures de plus !

Sur ce, elle le prit par la main et le guida vers l'hôtel.

# Épilogue

C'était une journée magnifique, comme seul le soleil de la Grèce peut en offrir. Le ciel était aussi bleu que le drapeau du pays, une légère brise printanière maintenait une fraîcheur bien agréable. Rose se sentait à la fois nerveuse et comblée. Ce week-end, l'île était pleine de visiteurs mais il ne s'agissait pas de touristes ordinaires. Paxos recevait la visite d'une délégation du ministère de la Culture et de plusieurs collègues, ou plutôt ex-collègues, venus tout exprès de Londres. Tous s'étaient déplacés en l'honneur de l'ouverture du petit musée construit pour abriter la tombe du Guerrier de l'âge du bronze.

Les fouilles avaient été encore plus fructueuses que Rose ne l'avait espéré. À la suite de la première découverte, plusieurs vases en bronze, des armes et une armure avaient été mis au jour. Des colliers d'améthyste, d'ambre et d'argent avaient été également trouvés ainsi qu'une trentaine de sceaux en pierre, décorés d'images de déesses, de lions et de taureaux. C'était la découverte la plus importante faite en Grèce au cours de la dernière décade.

Plusieurs mois après ces découvertes, le fond de la tombe avait été atteint, et ce que Rose suspectait s'était avéré : un squelette très bien conservé confirmait qu'il s'agissait en effet d'une tombe. Les résultats des analyses effectuées pour dater la tombe avaient confirmé qu'elle remontait bien à l'âge du bronze. Son plus grand espoir se trouvait donc confirmé.

Elle n'avait pas trouvé Ulysse, mais la dernière demeure d'un roi guerrier de l'âge du bronze, ce n'était pas si mal !

La tombe avait trois mille cinq cents ans, c'est-à-dire qu'elle était effectivement contemporaine de la guerre de Troie et du voyage d'Ulysse.

Désormais, le site était protégé des intempéries par un vaste toit et longé par un promenoir en planches qui permettait aux visiteurs d'observer les archéologues au travail. Le projet était de le fouiller en totalité. Même si aucune autre tombe ni aucun vestige de bâtiment n'était découverts, l'analyse du sol fournirait d'autres renseignements sur la vie à Paxos lors de cette lointaine époque.

Au total, plus d'un millier d'objets avaient été remontés à la surface. Plusieurs années d'études seraient nécessaires pour les répertorier et apprendre d'eux tout ce qu'ils étaient susceptibles de livrer. En plus de leur beauté, ils donnaient de multiples renseignements sur l'homme qui les accompagnait mais aussi sur l'univers dans lequel il évoluait.

Une réception était prévue à l'hôtel pour accueillir les visiteurs et remercier les habitants de Ninos pour leur soutien.

Rose portait ce jour-là une longue robe en coton blanc, imprimée de motifs géométriques bleus. Elle avait laissé ses longs cheveux roux flotter librement sur ses épaules.

— Je suis fier de toi ! dit Alessandro en lui passant un bras autour de la taille.

— Il n'y a pas de quoi, répondit-elle. C'est ta décision d'utiliser ton argent de cette manière qui peut te rendre fier.

— Aujourd'hui, j'ai du mal à croire que je n'ai pas toujours été décidé à te soutenir.

— C'était normal. Tu pensais faire au mieux pour tes neveux. Mais je suis bien heureuse que tu aies changé d'avis !

Les trois années qui venaient de s'écouler avaient été les plus extraordinaires de la vie de Rose. Le musée créé par Alessandro allait travailler en lien avec le musée national d'Athènes. Quelques-uns des objets trouvés ici seraient exposés là-bas, mais la grosse majorité d'entre eux resterait à Paxos dans le nouveau musée.

Indépendamment de la construction du musée, ces années avaient aussi été très mouvementées sur l'île. Plusieurs petits bâtiments avaient été construits pour accueillir les chercheurs qui souhaitaient faire des séjours de longue durée.

Tout cela profitait à l'île au-delà des attentes d'Alessandro. Mais rien n'égalait la joie qu'il éprouvait à voir le bonheur de sa famille.

Ana, toujours passionnée par la Grèce ancienne était partie faire ses études à l'université d'Athènes. De son côté, Lucas, qui avait choisi de se consacrer à l'économie et à la gestion, s'intéressait de près aux hôtels familiaux.

Ils étaient quasiment indépendants désormais, ce qui permettait à Alessandro et Rose d'envisager les grands voyages dont ils rêvaient quand ils étaient jeunes tout en sachant que leur port d'attache resterait à jamais leur île de Paxos.

— Je n'ai jamais été aussi heureuse de ma vie, souffla Rose à Alessandro qui se pencha pour déposer un baiser sur ses lèvres.

Yiayia les regardait tous les deux, si beaux, si jeunes, si amoureux, et elle se réjouissait en silence de leur bonheur.

Alessandro n'était plus un simple homme d'affaires. En

tant que donateur-créateur d'un musée, il avait été invité à donner des conférences pour partager son expérience. Il y exposait la façon dont sa famille et les habitants avaient réagi au moment des fouilles et comment il avait travaillé avec le gouvernement.

À quarante et un ans, il était au début d'une nouvelle carrière à laquelle il se consacrait avec passion. Il envisageait même de reprendre les études qu'il avait abandonnées, ce qui faisait frémir Ana d'horreur à l'idée de se retrouver avec son oncle sur les bancs de l'université.

Rose ne pensait plus aux années passées sans Alessandro. Ce qu'ils vivaient désormais était passionnant et le futur trop intéressant pour ressasser le passé.

Leur mariage avait eu lieu à l'hôtel d'Alessandro. Depuis, elle portait son alliance en or, toute simple mais parfaite pour elle qui passait une grande partie de son temps les mains dans la terre. Sa mère et ses amis étaient venus de Londres mais les habitants de l'île étaient de loin les invités les plus nombreux. Tous avaient bu, mangé et dansé toute la nuit.

Et, dans sa belle longue robe blanche, Rose en avait fait autant au bras d'Alessandro.